KB032851

무공을 배우자

목마 퓨전 판타지 장편소설
WISHBOOKS FUSION FANTASY STORY

무공을 배우다 7

목마 퓨전 판타지 장편소설

초판 1쇄 찍은 날 | 2019년 11월 8일
초판 1쇄 펴낸 날 | 2019년 11월15일

지은이 | 목마
펴낸이 | 예경원

기획 | 위시북스
편집책임 | 이은송
편집 | 위시북스

펴낸곳 | 예원북스
등록번호 | 제396-2012-000132호
등록일자 | 2012. 7. 25
KFN | 제1-485호

주소 | 경기도 고양시 일산동구 호수로 646-24 위너스21II빌딩 206A호 (우)10401
전화 | 031-819-9431 팩스 | 031-817-9432
E-mail | yewonbooks@naver.com

ⓒ목마, 2019

ISBN 979-11-365-0502-6 04810
979-11-6424-342-6 (set)

※ 파본은 구입하신 서점에서 교환하여 드립니다.
※ 저자와 협의하여 인지를 붙이지 않습니다.
※ 이 책은 예원북스와 저작자의 계약에 의해 출판된 것이므로 무단 전재 및 유포, 공유를 금합니다.
※ 이 도서의 국립중앙도서관 출판시도서목록(CIP)은 서지정보유통지원시스템 홈페이지(http://seoji.go.kr)와 국가자료공동목록시스템(http://www.nl.go.kr/kolisnet)에서 이용하실 수 있습니다.

무공을 배우다
7
목마 퓨전 판타지 장편소설
WISHBOOKS FUSION FANTASY STORY

무공을 배우다

CONTENTS

1장
마지막으로

'아.'

와보라고 했다.

백현은 그런 말들이 너무 좋았다. 이런 식의 싸움을 앞두었을 때. 갑작스레 벌어진 것이 아니라. 이렇게 마주 서서, 부딪쳐 기량을 확인하기 전에 가벼운 대화를 나누고…….

대부분 이런 경우에서, 상대는 백현보다 강했다. 그러니 저렇게 말한다. 선심 쓰듯 선수를 양보하며, 한번 와보라고. 그것은 드디어 싸움이 시작된다는 선언이기도 하다.

그게 너무 좋다. 저런 말은 언제나 백현을 설레게 했다. 이길 수 있고 없고를 떠나, 저런 말을 듣고서 내딛는 한 걸음. 그 한 걸음을 내딛기 직전의 긴장, 설렘, 흥분. 그 모든 것이 즐거워 견딜 수가 없었다.

하물며 지금 백현의 앞에 있는 것은. 단 한 번도 싸워본 적이 없고, 백현에게 무(武)가 무엇이냐 처음으로 물어봐 준. 지금의 백현을 있게 한, 모든 것을 가르쳐 준 스승이었다. 백현이라는 무인(武人)의 근원이, 백현이 가장 좋아하는 말을 하며 저 앞에 서 있는 것이다.

그러니 좋아서 미칠 것만 같았다. 감히. 백현은 작은 목소리로 중얼거렸다.

"가도록 하겠습니다."

발을 앞으로 뻗었다. 오싹 올라온 소름이 전신을 즐거움에 떨게 해주었다.

하지만, 뻗은 발이 땅을 밟았을 때 가슴이 놀랍도록 평온하게 가라앉았다. 흥분을 만끽하는 것은 즐거워도 너무 취하면 아니 되기에.

파직!

질풍신뢰가 펼쳐졌다. 얼마 되지 않은 거리를 뛰어넘었다.

이동의 기미도 없이 백현은 무신마의 바로 옆에 나타났다. 그리고, 패륜이란 생각도 없이 전력으로 주먹을 휘둘렀다.

터억!

빙글 돈 무신마의 손이 백현의 주먹을 받아냈다.

맞닿은 순간 주먹을 빼내며 허리를 비틀었다. 가슴에 붙이고 있던 왼손이 주먹이 되었다.

무신마는 심유한 눈으로 날아오는 주먹을 보았다.

당연하단 듯이 그 공격도 막혔다. 백현은 몸을 뒤로 젖히며 발을 끌었다. 또다시 전류가 튀었다.

'질풍신뢰.'

펼치는 것이 지극히 자연스럽다. 념체의 이동과 육체의 구성 속도도 나무랄 데가 없다.

무신마는 몸을 돌리며 오른손을 펼쳤다.

콰르르!

시커먼 어둠이 그의 손을 휘감았다. 검은빛이 순간적으로 번쩍였다. 무신마가 손을 휘두른 자리에 어둠이 증식했다.

백현은 그곳에서 펄쩍 뛰어 높이 솟구쳤다. 그는 시뻘겋게 물든 눈으로 아래를 보며 추락했다.

그 순간에 또다시 질풍신뢰를 펼친다. 의념의 소모가 빠르기는 하지만, 백현은 무신마를 상대로 길게 싸울 생각은 없었다. 승부를 볼 수 있다면 단기전. 그마저도 승산은 희박하지만, 만약의 가능성이 있는 것은 그뿐이다.

공간을 희롱하는 질풍신뢰지만, 무신마는 현혹되지 않았다. 그는 피식 웃으며, 백현이 파고 들어오는 것을 내버려 두었다. 제자와 장단을 맞춰주기 위해서였다.

손과 손이 얽힌다.

무신마는 여전히 한 손만 쓰고 있었다. 그 오른손의 움직임은 유연하고 부드러웠다. 그러면서도 빠르고자 할 때는 백현의 전력을 우습게 할 정도로 빨랐다. 감히 잡을 수가 없어 정면에서 힘으로 찍어 누르자니, 그럴 때는 강맹하기 짝이 없었다.

무신마의 손이 백현의 팔뚝을 짚었다. 맥이 뚝 끊긴 것처럼 내공의 흐름이 일시적으로 멈췄다. 그 순간에 백현의 기혈을 빠르고 정확하게 짚어낸 것이다.

막힌 기혈을 억지로 뚫는 것? 순간적으로 한 점혈이니, 오랜 시간은 필요하지 않을 테지만 백현이 멈칫한 그 짧은 틈에 무신마의 손은 백현의 팔꿈치를 잡아 그대로 비틀어 버렸다.

고통을 내색하지 않고 상체를 돌려서 왼 주먹을 꺾어 휘둘렀다. 잡았던 손을 놓은 무신마가 펼친 오른손으로 백현의 주먹을 잡는다.

주먹을 빼는 것이 늦었다. 완전히 잡힌 손이 으스러졌다.

그것은 의도였다.

엄지손가락만 풀어, 무신마의 엄지손가락을 단단히 붙잡았다. 무신마의 눈에 이채가 흘렀다.

어느새 회복된 반대편 주먹으로 무신마의 몸을 때린다. 주먹이 휘둘러지기도 전에 무신마가 백현의 몸을 당겼다. 자세가 무너져 주먹을 제대로 휘두르지 못했다.

“본좌는 널 잘 안다.”

무신마가 중얼거렸다.

"손속에 사정을 두면 나중에 투덜거리겠지."

"당연히……."

"명공이 네게 파라넥트를 준 것이 다행이구나."

참 끔찍한 말이었다.

"어지간해서는 죽지 않을 테니까."

고요히 가라앉았던 무신마의 눈에 붉은 기가 감돌았다. 그 즉시 백현은 호신강기를 일으켰다.

푸확!

무신마의 발아래에서 솟구친 어둠이 백현의 호신강기를 찢어발겼다.

내장이 으깨지는 것 같았다. 꽉 다문 입술 사이에서 피가 튄다. 핏방울 너머, 흐릿한 붉음 속에서 무신마가 이쪽을 올려다보고 있었다.

무신마는 활짝 펼친 오른손을 백현을 향해 뻗었다.

'이건…….'

백현은 급히 심안을 떴다.

삐이이.

머릿속에서 들리는 이명을 무시하며, 눈으로 보지 못하고 감각으로 느끼지 못하는 흐름을 본다.

심안으로 보는 흐름은 포악하기 짝이 없었다. 절대로 개입

해서는 안 될, 감히 개입하려 했다가는 거스르지 못하고 휘말리게 될 뿐인 그런 흐름이 백현의 주변을 휘감고 있었다.

백현은 크게 숨을 삼키며 양팔을 펼쳤다.

콰아아!

호신강기가 부풀어 오른다.

금강신장 유기의 만연비궁.

백현은 이 한 달 동안 자신이 기존에 익히고 있던 무공들을 모조리 해체해 보완, 합일했다. 만연비궁도 그중 하나였다. 태극신공과 천의무봉, 탈명요혼. 그것들에 착안하여 만연비궁을 보완했다.

태극연화(太極蓮花).

호신강기가 둥그런 원이 되어 백현의 몸을 삼켰다. 그걸 보며 무신마는 빙긋 웃더니, 펼친 손을 다시 쥐었다.

꽈드드득!

거센 흐름이 태극연화를 침범했다. 가미한 탈명요혼의 구결이 침범하는 힘을 흡수한다. 원기는 단전으로 흘러들어 오고, 흡수하지 못한 나머지는 태극연화가 무너지지 않도록 힘을 더한다. 태극신공과 천의무봉은 공격의 흐름을 흘려보낸다.

'안 돼……!'

우자의 말이 맞았다. 저 흐름은 너무 거세어 저항할 수가 없었다. 태극연화로도 버티는 것이 고작이다.

하지만 무신마는 백현이 '버티는 것'만으로도 기쁨을 느꼈다. 한 달 전의 백현이라면 버티는 것조차 하지 못했을 테니.

무신마는 여전히 뒷짐을 지고 있던 왼손을 처음으로 들어 올렸다. 그는 여전히 오른손을 꽉 쥐어 백현을 압박하면서, 왼손을 들어 가볍게 옆으로 툭 쳤다.

퍼엉!

태극연화가 터졌다. 백현은 무신마가 친 방향대로 날아갔다. 하지만 끝까지 날아가기도 전에 백현의 몸이 우뚝 멈췄다. 무신마가 손을 아래로 내리자, 백현의 몸이 아래로 추락했다.

꽈앙!

지면이 들썩거렸다. 백현은 욕설을 내뱉으며 양손으로 땅을 짚었다. 성큼거리며 다가오는 무신마의 발소리가 들렸다.

기공 쪽에서 수준의 격차가 말도 안 되게 난다.

"방금 그거…… 뭡니까?"

"그냥 내공으로 널 잡아 패대기쳤을 뿐이다."

무신마가 대수롭지 않다는 투로 말했다. 참 쉽게 말씀하십니다. 백현은 빠득 이를 갈았다.

무신마가 기공의 고수일 것이라고는 짐작했었다.

백현은 젊은 시절의 무신마와 몇 번이고 싸워보았다. 정식으로 무공을 배우지 않은 무신마는 권, 장, 각을 비롯해 무투술에 능하다. 애당초 무신마라는 인물은 시정잡배를 두들겨 패던 골목 대장이 기원이었다.

하나 나이를 먹어가며, 내공이 충분해진 무신마는 스스로 강기를 깨우치며 본격적으로 강기공에 파고들었다.

파천신화공은 그런 무신마가 평생의 심득을 통해 만들어낸 무공. 인간으로 신이 되고자 한 무신마가 파천신화공에 담고자 한 것은, 인간이 '절대로' 할 수 없는 무 그 자체였다. 손짓으로 태산을 들어 올리고, 바다를 뒤집으며, 하늘마저 박살 낸다. 바로 기공이다.

"더 할 테냐?"

"당연히!"

백현은 씹듯 내뱉으며 펄쩍 뛰어 무신마에게 달려들었다. 무신마는 흐뭇한 미소를 지으며 백현을 향해 손을 뻗었다.

쿠르르릉!

거대한 힘이 백현의 앞을 가로막았다. 눈으론 보이지 않지만, 심안으로는 보인다. 도저히 뚫고 들어갈 수 없는 거대한 흐름. 틈이 보이되 파고들 수가 없던 우자와는 전혀 다르다.

백현은 양손에 모은 강기로 앞을 가로막은 벽을 후려쳤다. 하지만 때린 벽은, 잔잔히 흔들리며 백현의 공격을 받아 흘려냈다.

무신마가 손을 아래로 내렸다.

쿠우웅!

어마어마한 압력이 백현의 몸을 짓눌렀다. 백현은 헉하고 숨을 삼키며 두 다리에 힘을 주었다. 전신 근육이 터질 것 같았고 무릎이 비명을 질렀다.

"기(氣)를 지배한다 생각해라."

무신마가 말했다.

"본좌가 맨 처음에 말하지 않았느냐. 파천신화공을 익히기 위해서 가장 먼저 해야 할 일은, 상식을 버리는 것이라고. 아직 버리는 것이 부족했느냐."

"이번에 버리게 될……."

말을 잇는 것이 힘들었다.

무신마는 여전히 흐뭇한 미소를 지으며 고개를 끄덕거렸다. 하나를 알려주면 열을 아는 제자다. 얼마나 영특하고 귀여운가?

"너 자신을 세상으로 여기어라. 세상이 곧 네가 되면, 네 뜻이 바로 세상의 뜻이 되지 않겠느냐? 기는 세상 전체에 흩어져 있으니, 기를 알고 너 자신으로 여기는 것이 세상을 아는 것의 첫 번째이지. 그게 바로 신화(神化)의 초입이다."

"윽……!"

"그래도 버티는 것이 제법이구나. 육성의 성취. 본좌가 육성을 이루었을 때보다 나은가."

무신마는 그렇게 말하며 손을 한 바퀴 돌렸다.

우둑.

백현의 몸도 한 바퀴 돌아갔다.

조금 전까지 앞을 보고 있었는데. 뒤가 보였다가, 다시 앞이 보였다. 온몸에서 힘이 쭉 빠졌다. 허리가 한 바퀴 돌아갔으니 당연한 일이었다.

백현은 저항하지 못하고 그 자리에 주저앉았다.

"얼마나 높은지 알겠느냐."

윙윙거리는 소리에 무신마의 목소리가 섞였다. 알다마다. 백현은 낄낄 웃었다.

무의 신을 자처하던 무령이 얼마나 우스웠는지도 알겠다. 당장의 스승은 무령 따위보다 훨씬 신에 근접해 있었다. 손짓 하나로 이 말도 안 되는 일을 펼치는 신화적인 기공. 아직도 신이 아니라는 것이 오히려 말도 안 된다 여겨졌다.

"……기공은 너무 비겁하지 않습니까……."

"맨몸 박투는 자신 있고?"

"손도 못 쓰는 것보다야."

"그럼 한번 해볼까."

무신마가 웃으며 말했다. 회복도 끝났다.

백현은 비틀거리며 일어섰다. 이어진 감각이 아직 껄끄러웠지만, 움직이지 못할 정도는 아니었다.

키잉.

쇄혼을 썼다. 쓰지 않고서는 상대가 되지 않을 테니까. 그를 느낀 무신마가 중얼거렸다.

"그 무식한 기술을 아직도 쓰는구나."

대답 없이 백현은 다시 한번 달려들었다. 앞으로 뛰어 달리면서, 거리가 닿기 직전에. 질풍신뢰로 무신마의 시야에서 사라졌다.

기공을 거둔 무신마는 몸을 돌리지도 않고 손을 뻗었다.

"마황과 허주에게 들었다."

빠악!

무신마의 손등이 백현의 콧잔등을 때렸다.

"마황의 가면과 허주의 뿔. 그것에 손을 댔다지."

코에서 피가 뿜어졌다. 물러서지 않고 머리를 들이밀며 주먹을 휘둘렀다.

"미리 들어 다행이다."

주먹이 겉힌다.

"만약에라도 수치를 겪을 뻔했지 않으냐."

퍼벅!

끊어 친 주먹이 백현의 명치를 갈겼다. 버티려 했지만, 자신도 모르게 몸이 숙어졌다.

무신마는 즉시 손을 뻗더니, 백현의 머리채를 잡았다.

"그리고."

무신마가 눈썹을 찡그렸다.

"이번 기회에 네 나쁜 버릇을 고쳐야겠다."

"예?"

되묻는 말에 대답은 돌아오지 않았다. 뭉텅이로 잡힌 모근들이 뿌리째 뽑히는 것 같은 고통은 색달랐다.

백현의 머리는 무신마가 휘두르는 대로 홱홱 움직였다.

"여자의 머리카락은 잡아선 안 된다."

짜악!

따귀를 얻어맞은 머리는, 머리채가 잡힌 덕에 옆으로 돌아가지도 못했다.

"특히. 네게 마음을 두고 있는 여자의 머리는 절대로 잡아서는 안 돼."

짜악!

반대편에서 친 따귀가 어금니와 턱관절을 박살 냈다.

"그리고……. 이…… 당연한 걸 왜 말해야 하는지 모르겠다만, 여자의 가슴을 때리면 안 된다."

쩌억!

무신마의 일장이 백현의 가슴 한복판에 처박혔다.

"저, 적은……."

"적이면 괜찮지. 하지만 네게 마음을 준 여자에게 그래서야 쓰겠느냐."

억울해서 간신히 내뱉자, 무신마가 떨떠름한 목소리로 대답했다.

"마지막으로."

무신마가 한숨을 푹 내쉬었다.

"이곳은 누구에게나 소중한 곳이다."

무신마의 무릎이 들렸다.

"적이라고 해도, 정말 죽이고 싶은 놈이 아니라면…… 좀 자제해라."

"자, 잠깐."

"어차피 파라넥트가 있지 않으냐."

무릎이 움직였다.

"거짓 불멸성을 믿어라."

으직.

올려 친 무릎이 백현의 사타구니를 으깼다.

2장
신화경

백현의 눈이 뒤로 넘어갔다. 의식을 잃은 몸이 그대로 넘어가자, 무신마가 백현의 몸을 받쳐주었다.

“이런 것까지 가르쳐야 할 줄은.”

무신마는 세운 무릎을 바로 하며 짧은 한숨을 내쉬었다.

설화봉에게 들은 말이 있었기에, 기회다 싶어서 교육을 겸하기는 했지만. 설마 제자에게 이런 것까지 가르치게 될 것이란 생각은 여태껏 해본 적도 없었다.

‘인성 교육을 안 한 게 문제야.’

무신마는 표정을 구기고 생각하다가, 게거품을 문 백현을 힐긋 보았다. 그래도. 하나뿐이고 아끼는 제자인 데다, 무신마 본인도 남자라 손속이 너무 과하지 않았나, 싶은 생각이 들기는 했다.

'회복되겠지?'

덜컥 걱정이 밀려왔다. 양 주먹을 으스러뜨리고, 척추를 한 바퀴 통째로 돌려 버렸는데도 재생했다. 파라넥트의 거짓 불멸성은 심장와 머리만 무사하다면 지속된다 했으니, 불알이 으깨진 것도 당연히 재생하겠지만…….

끄아아악!

여태까지 제대로 된 비명 한번 지르지 않은 제자가, 그토록 처절한 비명을 내질렀다.

그렇다 보니 무신마는 적잖은 불안을 느낄 수밖에 없었다.

급히 맥을 짚어보니 죽지는 않았는데, 혹시 조금 전의 공격으로 제자가 정신뿐만이 아니라 육체적 고자가 되어버리면 어쩐단 말인가? 사라를 위해 제자에게 조금 거친 교육을 감행하였는데, 정작 고자가 되어버리면 교육이 대체 무슨 소용이란 말인가?

"안 된다."

무신마는 불길하기 짝이 없는 상상의 나래를 펼치며 식은 땀을 흘렸다. 하나뿐인 제자를 자기 손으로 고자로 만들 수는 없었다.

그는 급히 백현을 둘러업고서 옥천신수로 갔다.

"끄으으……."

그러는 사이에 정신을 차린 백현이 무신마의 어깨 위에서 신음 소리를 냈다.

하지만 무신마는 일단 백현을 옥천신수로 집어 던졌다.

풍덩!

아직 정신을 제대로 차리지 못한 백현은 그대로 옥천신수에 빠져서 허우적거렸다.

"콜록, 켁!"

"몸은 괜찮으냐?"

걱정스레 묻는 말을 듣자니 어이가 없었다. 이건 뭐 병 주고 약 주는 것도 아니고. 옥천신수에서 머리를 빼 든 백현이 두 눈에 쌍심지를 켜고서 무신마를 노려보았다.

"그렇게 물어볼 거면 왜 때린 겁니까?"

"확인이나 해보거라. 정말 괜찮은 것이냐?"

무신마가 다시 한번 물었고, 백현도 혹시나 싶어서 엉거주춤한 자세로 바지 안에 손을 넣어 사타구니를 더듬어 보았다. 다행히 으깨진 것들을 무사히 재생되어 있었다.

"……괜찮네요."

"다행이구나."

"너무하신 것 아닙니까? 왜 많고 많은 곳 중 하필……."

"예끼 이놈아. 네가 사라, 그 아이에게 했던 짓은 생각하지 않고서 본좌에게만 너무하다 하느냐?"

"아니, 거…… 그건, 죽어도 되살아나는 도원경이기도 했고. 최대한 빨리, 효율적으로 쓰러뜨리는 것을 생각하다 보니……."

"아무리 그래도, 너 좋다는 아이를 그토록 무자비하게 패?"

"정작 팼던 당시에는 아무런 말도 안 하셨으면서……! 오히려 내가 사라를 두들겨 패면, 나중에 잘했다고 칭찬까지 하지 않으셨습니까!"

백현이 억울하여 항변하자, 무신마는 슬쩍 시선을 피하며 낮게 헛기침을 했다.

없는 말을 지어내는 것은 아니었다. 당시 도원경에서 등선을 목전에 두고 제자를 들인 것은 설화봉과 무신마 둘뿐이었고, 무신마는 내심 같은 처지인 설화봉에게 미묘한 경쟁심 같은 것을 가지고 있었다.

"……말은 하지 않았지만, 네 손속이 너무 과하단 생각은 하고 있었다."

"거짓말."

"크흠. 어쨌든, 본좌가 한 말들을 꼭 가슴에 새겨두도록 하거라. 너 좋다는 여자의 머리채는 잡지 말고, 반드시 죽일 적이 아니라면 낭심을 아작 내는 것은 좀 자제하도록……."

"스승님은 절 반드시 죽이고 싶어서 제 낭심을 아작 낸 겁니까?"

"너에게 제대로 된 가르침을 주고 싶었을 뿐이다."

"가르침은 무슨……."

"생각해 보면 20년 동안 현이 너와 함께 있었는데, 인성 교육은 전혀 하지 않았어. 그렇다 보니 네가 무공밖에 모르는 바보가 된 것 아니겠느냐?"

"무공밖에 모르는데 왜 바보입니까?"

"너 좋다는 티를 그렇게 내던 아이가 곁에 있는데, 그것도 구분하지 못하는 놈을 바보라 하지 뭐라 하겠느냐?"

"상식적으로 머리채 잡고 두들겨 패고 가슴 때리고 사타구니를 걷어찬 놈을 좋다고 하는 게 이상한……."

"왜 자꾸 본좌의 말에 토를 다는 게냐? 한 번 더 으깨야 알아듣겠느냐?"

백현의 궁시렁거림을 듣다 못한 무신마는 결국 엄한 목소리로 으름장을 놓았다. 백현은 으깬다는 말에 식겁하며 양손으로 사타구니를 가리고 주춤주춤 물러섰다.

"……참고하도록 하겠습니다."

"암, 그래야지. 본좌는 현이 네가 어떤 처(妻)를 둘지까지는 크게 관여하고 싶지 않다만, 사라 정도면 나무랄 곳은 없다고 본다. 외모도 나무랄 곳이 없고, 무공도 그만하면 되었지. 사실 현이 네가 더 낫기는 하지만 말이다."

팔은 안으로 굽는다고 했다. 무신마는 백현이 사라에게 보내기에는 아깝다는 생각을 하고 있었다.

"……그거 말고 다른 말은 안 하십니까?"

"응?"

"아니, 처음으로 제자와 대련을 해주셨는데. 제자의 성취에 대해 하실 말은 없는 겁니까?"

쭉 듣고 있던 백현은 결국 대놓고 물어보고야 말았다. 그 말에 무신마의 얼굴이 멈칫 굳었다. 잠시 골똘히 생각에 잠긴 무신마는, 피식 웃으며 말했다.

"왜 없겠느냐?"

대련의 흐름은 압도적이었다. 기공은 물론이고 근접 박투에서도, 백현은 무신마에게 이렇다 할 성과를 낼 수가 없었다.

"마황과 허주에게 미리 언질을 듣지 않았더라면, 본좌도 조금은 망신을 당했을 것이다."

"그게 대체 무슨 말입니까?"

"아까 전에 마황과 허주가 함께 와서 그러더구나. 현이 네가 자기 가면과 뿔에 손을 대었다고. 한 달 만에 그런 성취를 이룬 놈이니 참 쓸 만하다는 말이었다."

무신마는 허허 웃으며 턱수염을 어루만졌다.

"그 말을 들으니 본좌도 마음을 단단히 먹었을 뿐이다. 어쭙잖게 손속에 자비를 두고 틈을 보여주었다가, 현이 네가 본좌의 수염을 한 가닥 뽑기라도 하면 그런 망신이 어디에 있겠느냐?"

'어쩐지.'

백현은 쩝 입맛을 다셨다. 마황과 허주가 무신마에게 언질을 주지 않았더라면 스승의 틈을 노릴 수 있었을지도 모르지만, 그들에게 미리 말을 들은 덕에 스승은 처음부터 틈 따위는 주지 않은 것이다.

"그리고, 아까도 말했지만, 현이 네 성취는…… 솔직히 말해 나무랄 곳이 없다. 파천신화공은 육성이라고 하나, 네 내공이나 익힌 무공들. 그것도 단순히 익힌 것이 아니라 풀이하여 조화롭게 체득하였으니, 현재의 네 성취는 본좌가 파천신화공을 창안해 육성의 성취를 이루었을 때보다 낫다고 본다."

"그렇습니까?"

"그리고 이번 대련에서 현이 너는 가진 재주들을 제대로 펼치지도 못하였지. 본좌가 펼치게 두지 않은 것이지만."

"흥."

무신마가 웃으며 하는 말에 백현은 콧방귀를 뀌었다. 광란귀곡은 펼치지도 못했고, 기공은 아예 쓸 생각도 못 했다.

무신마의 기공이 워낙 경이적이라, 똑같은 기공으로 승부를 볼 생각은 아예 하지 못한 것이다.

"그래서. 네가 넘어야 할 산이 얼마나 높은지는 확인하였느냐?"

"굉장히 높네요."

"어렴풋이 아는 것으론 부족하다."

"어렴풋이…… 라? 봉우리의 끝은 살짝 엿본 것 같기는 한데. 원래 산이란 게 중턱에서 올려볼 때는 좀 낮아 보이는데, 막상 오르면 생각보다 높아 지치는 경우가 허다하지 않습니까."

물론 백현은 오르다 지칠 생각은 없었다. 백현은 옥천신수에서 걸어 나오며 젖은 몸을 말렸다.

그는 조금 전의 압도적이었던 싸움을 복기하며 천천히 숨을 삼켰다.

"감히 물어도 되겠습니까?"

"무엇을?"

"스승님은 몇 성의 성취를 이루셨습니까?"

그 질문에 무신마는 허허 웃었다. 그는 고요한 눈으로 백현을 바라보다, 고개를 가로저었다.

"무의미하다."

"예?"

"본좌의 파천신화공은 이미 극성에 이르렀다. 하나, 도원경에서 등선하기 전에도 말하지 않았느냐. 이건 미완성이라고. 성취로는 극성이라 할 수 있겠으나, 본좌는 아직 파천신화공을 완성하지 못했다."

그 말에 백현의 눈이 동그랗게 떠졌다.

"그렇다면 극성의 성취를 이룬 것도 아니지 않습니까?"

"아니. 성취는 틀림없이 십성, 극성이다. 하나 본좌는 아직 신이 되지 못하였다. 미완성인 무공…… 애당초 파천신화공은 일반적인 무공이 아니지. 이것은 무(武) 자체를 빚어낸 것이니."

무신마는 그렇게 중얼거리면서 손을 들어 올렸다.

백현의 심안은 그 느릿한 손길에 포악한 흐름이 얽혀 회오리치는 것을 보았다.

"본좌의 기공은 이미 신화적 경지에 이르러, 본신의 내공을 거의 소모하지 않고도 온갖 조화를 부릴 수 있다. 하나 이 선계에는 본좌와 비교해도 부족하지 않은 이들이 있고, 본좌보다 반걸음에서 몇 수는 앞선 신선들도 있다. 본좌는 마황의 흑뢰번천에 감탄했고, 허주의 패력에도 감탄했다. 우자의 천의무봉은 그 심오하고 기묘함에 놀랐으며 요희란의 음공은 본좌가 아는 무공의 틀을 넓혀 주었다."

그리고 투신.

"하나의 존재가 이룩할 수 있는 무(武)는 그토록 무궁무진한 것이다. 본좌의 파천신화공은 극성의 성취를 이루었으나, 결국 무공의 성취라 함은 인간이 구분한 기준이 아니겠느냐? 그러니, 그러한 기준마저 뛰어넘어야 진정 신이 될 수 있지 않겠느냐."

"하면, 스승님은 지금…… 극성에 이른 파천신화공을 새로이 완성해 가고 계신 겁니까?"

"본좌는 그렇다고 생각한다. 현이 너도 파천신화공이 극성에 이른다면, 본좌의 말을 이해할 수 있을 것이다."

그 말에 백현은 망치로 머리를 한 대 얻어맞은 것만 같은 표정을 지었다.

그는 여태까지, 파천신화공을 수행하여 극성이 되기만 하면 자연히 신이 될 수 있을 것이라 생각해 왔다. 스승은 파천신화공이 미완성이라 말하였지만, 그것과 극성의 성취는 크게 관련이 없다 생각해 왔다.

하지만 극성에 이르러도 신이 될 수 없다. 그 말은 백현을 당황하게 만들기에 충분했다.

신이 되지 못하고, 신격을 잃어 영락한 무령과, 양도받은 신격으로 쉽사리 군주가 된 연리운.

마룡왕. 허주. 마황. 투신. 그리고 무신마.

백현은 잠시 그들을 떠올렸다.

"아."

백현은 작은 탄성을 내지르며 천천히 고개를 끄덕거렸다. 신격이라 해서 다 같은 격이 아니라는 말.

백현은 납득하여 무신마를 쳐다보았다.

"답은 저 스스로 찾겠습니다."

백현은 천천히 고개를 숙이며 말했다.

그는 무신마에게 가르침을 갈구하지 않았다. 스승은, 틀림없이 나름의 답을 구했을 것이다.

파천신화공을 극성까지 익히고도 신이 되지 못했다. 그리고 도원경에 와, 무수히 많은 신선의 격과 그들이 이룩한 찬란한

무(武)를 보며 감탄하고 경외하며, 신화(神化)의 길을 향한 실마리를 찾았을 것이다.

하지만 백현은 그에 대해 물을 생각이 없었다. 그 신화의 길은 백현을 위한 길이 아니었다. 그건…… 무신마를 위한 길이다. 파천신화공은 어디까지나 신이 되기 위한 기틀을 닦는 것일 뿐. 진정 신이 되고자 한다면, 극성의 성취를 이루고서 스스로 답을 찾아야만 한다.

"현이 네가 신화경(神化境)의 경지에 이른다면."

무신마는 뿌듯한 눈으로 백현을 보며 말했다.

"그때의 네가 지나온 모든 것들에 감사를 느낄 것이다. 본좌는…… 너무 늦게 알았다. 이 세상천지에서 본좌만이 가장 위대한 줄 알았지. 본좌의 개안은 늦었던 만큼 본좌를 신화경에서 머무르게 하고 있구나. 하긴, 늦든 빠르든 그리 큰 차이는 없는가…… 신화의 길은 멀고도 높으니."

백현은 말없이 다시 고개를 숙였다. 지나온 모든 것들에 대한 감사였다.

'개안…….'

백현은 그 말을 이해했다. 만약 세상에 어비스란 것이 없었다면, 선계에 오지 않았더라면, 이전과 다를 것 없는 평범한 세계로 돌아가서 홀로 무공을 수행했다면. 신화의 길을 걷기는 커녕, 무신마가 말한 파천신화공 십성. 신화경에 이르지도 못했을 것이다.

하지만 어비스에서 군주의 화신들을 만나고, 신격인 군주들을 만났다. 그들의 격을 알고 부딪쳐 싸우며 강함을 느꼈다. 그리고 선계로 와서 무의 무궁무진함을 알았다.

무신마는 너무 늦게 개안했지만, 백현은 아니었다. 그는 너무 이르다 싶을 정도로 빠르게, 넓은 시야를 갖고 넓은 세계를 보았다. 높고 많은 산을 보았다.

“감사합니다.”

백현은 환한 미소를 지으며 말했다.

오늘의 스승은 백현에게 많은 것을 주었다. 백현은 그 가르침을 가슴 깊이 새겼다.

‘머리는 잡지 말고, 낭심 차는 것은 좀 자제하자.’

적어도 사라에게는.

백현은 그것도 잊지 않았다.

그렇게 하겠다고 마음먹었기에, 백현은 선계에서 더 대련을 하지는 않았다. 더 이상의 미련을 두고 싶지 않았기도 했고, 이미 얻을 것은 전부 다 얻었다는 확신이 있어서이기도 했다.

물론, 더 대련하는 것도 도움은 될 것이다. 하지만 이미 문제점은 파악했다. 거듭된 대련은 그 문제점을 재확인시켜 주겠지만, 결국에는 자기만족에 지나지 않는다. 더 싸워보고 싶으니까. 더 하고 싶으니까. 이곳을 떠나고 싶지 않으니까.

'여기까지야.'

마음은 이미 정했고, 무르지 않는다. 백현은 모두에게 말했던 대로 이틀 뒤에 떠나기로 마음을 정했다.

굳이 내일 바로 떠나지 않은 이유는, 스승과의 대련이 끝난 밤에 대뜸 찾아온 취공이 내일 밤 송별회를 해주겠다 말했기 때문이다.

아끼던 술들을 풀어놓는 것이 아깝다는 말이 대부분이기는 했지만, 백현은 취공의 말투에서 적잖은 이별의 아쉬움을 느낄 수 있었다.

감사한 일이었다. 백현이 선계에서 인연을 맺은 이들은, 모두가 백현에게 호의로 대해주었다. 취공은 무공을 가르쳐 주지는 않았으나, 그저 백현이 마음에 든다는 이유만으로 취화선주를 비롯해 영약이라 할 수 있는 다양한 술들을 퍼주었고, 직접 선열백타까지 해주었다.

"지금까지 감사했습니다."

"감사는 무슨. 마셔도 도움 될 것 없는 놈들에게 퍼주느니, 너 마시라고 주는 게 낫다. 그리고 술은 젊을 때 많이 마셔둬야 해."

백현이 꾸벅 고개를 숙이며 하는 말에 취공은 너스레를 떨며 돌아갔다.

그리고 다음 날. 백현은 정오가 되기 전에 저택을 나섰다.

대련을 하기 위해서는 아니었다. 한 달 전. 선계에 처음 들어왔을 때, 설화봉이 했던 말이 떠올랐기 때문이다. 나중에 선계를 떠나기 전, 자신을 한 번 찾아와 달라는 말.

왜 설화봉이 그런 말을 한 것인지는 알 수 없었지만, 스스로 그 이유를 고민할 필요는 없었다. 어차피 설화봉을 만나면 알게 될 것 아닌가.

"연락도 드리지 않고 찾아와 죄송합니다."

"괜찮습니다."

저택의 문을 열고 백현을 마중한 설화봉은, 고개를 꾸벅 숙인 백현을 보고 손사래를 치며 말했다.

백현은 설화봉의 안내를 받아 저택 안으로 들어갔다.

"그간 안녕하셨습니까?"

"저야 언제나처럼 잘 지내고 있었지요. 아, 백현 당신의 이야기도 전해 들었습니다. 노래를 못한다면서요?"

"……예?"

그 갑작스러운 말에 백현의 눈이 동그랗게 떠졌다. 설화봉은 당황한 백현을 돌아보며 쿡쿡 웃었다.

"요희란에게 들었습니다. 그녀와는 곧잘 만나 담소를 나누곤 하거든요.”

“……노래야 뭐 듣는 사람에 따라 평가가 갈리는 법 아니겠습니까.”

자기가 생각하기에도 궁상맞은 변명이었지만, 설화봉은 빙긋 웃기만 할 뿐 아무 말도 해주지 않았다. 오히려 그게 더 비참했다.

‘괜히 말했다.’

“……요희란 님과 많이 친하신 모양입니다?”

“아무래도 그렇죠. 선계에 여자 신선이 저와 요희란 둘뿐인 것은 아니지만, 제가 선계에 막 들어왔을 때 제게 가장 친근하게 대해준 것은 요희란이었습니다.”

설화봉은 나긋한 목소리로 말하며 백현을 뒤뜰의 정자로 안내했다.

“그런데, 대체 무슨 일로 저를 보자고 하신 겁니까?”

“제가 백현 당신을 보자고 한 이유야 뻔하지 않겠습니까?”

혹시 무공 지도인 것일까. 하지만 설화봉의 백설염화천무는 음양화신의 체질을 타고나지 않는 한 익히는 것이 불가능하다. 아무리 천무성이 대부분의 무공을 구결과 단계에 개의치 않고 익히게 해준다지만, 체질적으로 절대 안 되는 것은 어쩔 수 없는 일이다.

“그…… 설화봉 님. 마음은 감사하지만, 저는 더 이상 선계에서 무공을 배울 마음이 없습니다."

"네?"

"애당초 설화봉 님의 백설염화천무는 음양화신만 익힐 수 있는 무공이기도 하고…… 혹여 다른 절기가 있으실지도 모르지만, 전 더 이상……."

"대체 무슨 말을 하는 겁니까?"

정자에 앉은 설화봉이 눈을 깜박거리며 고개를 갸웃거렸다.

"무공이라니요? 제가 왜 백현 당신에게 무공을……?"

"……아니었습니까?"

"뭔가 오해를 하신 것 같군요. 제가 백현을 만나려 한 것은, 사라에 대한 이야기를 하기 위해서입니다."

'또냐.'

백현은 나오는 한숨을 삼키며 설화봉의 앞에 앉았다. 어제 무신마에게 으깨진 낭심은 완벽하게 재생하였고, 오늘 아침 기상했을 때 자연스러운 생리 현상으로 기능에 문제가 없다는 것도 확인하였는데. 이상하게도 낭심이 쿡쿡 쑤셔왔다.

"당신은 사라에 대해 무엇을 알고 있습니까?"

"……이름이랑 나이, 익힌 무공……."

"고향에 대해서 알고 있습니까?"

"살던 세계가 전쟁으로 인해 멸망해 가고 있었다는 건 들었습니다."

"사라가 무엇을 좋아하는지는 알고 있습니까?"

"치킨……? 족발?"

"그게 뭐죠?"

"음식입니다."

"그런 것 말고……."

설화봉은 한숨을 푹 내쉬었다. 그녀는 정자의 단상 아래에서 얇은 책 한 권을 꺼내 펼쳤다.

"백현. 당신과 제가 아는 문자가 다르다 보니, 이런 수고를 끼쳐야 하는 것을 이해해 주세요."

"예?"

"그래도 오래 걸리지는 않을 겁니다. 당신이 한 달 동안 다양한 신선들을 만나 무공을 배울 때, 저도 오늘을 위한 준비를 해왔기 때문입니다."

"그…… 책은 또 뭡니까?"

"당신을 위한 조언입니다."

설화봉이 방긋 웃으며 대답했다. 백현은 떨떠름한 표정을 지으며 설화봉을 쳐다보았다.

그 시선을 어찌 해석한 것인지는 모르겠지만, 설화봉은 뿌듯한 미소를 지으며 손을 들어 올렸다. 그러자, 저택 쪽에서 그녀가 펼친 책과는 비교가 안 될 두께의 책 수십 권이 공중을 가로질러 날아왔다.

"사라와 함께 지낸 20년 동안, 저는 매일 일기를 써왔습니다. 이 일기에는 그 아이와 보낸 모든 추억이 적혀 있어요. 그 아이가 지나가듯이 했던 말들, 그 아이의 기호…… 그런 것들도 놓치지 않고 적어두었습니다."

"……예…… 예."

일종의 육아 일기라는 건가.

"이 한 달 동안, 저는 그때 쓴 모든 일기를 다시 읽어보았습니다. 그중에서 당신에게 전할 만한 이야기들을 추려 이 책에 조언으로서 적어두었죠. 그러니, 부디 경청해서 들어주세요."

"그렇게까지 하실 필요는…… 없지 않을까요……? 이미 스승님과 설화봉 님의 뜻은 알았고, 사라의 마음도 알았습니다. 제가 뭔가 오해하고 있다는 것도 알았고, 도원경에서 너무 과했다는 것도요. 그, 러니까……."

"저는 선계에 와 있는지라 그 아이에게 아무런 도움도 줄 수가 없습니다. 스승으로서 뭔가 도움을 주고 싶은데, 이런 식으로밖에 해줄 수가 없어요. 그러니 부디."

설화봉의 말에 백현은 더 이상 말하지 못하고 입을 다물었다.

설화봉은 목소리를 가다듬고서 펼친 책을 읽어 내려갔다.

"이름, 사라 프로스트. 나이, 는 생략하도록 하겠습니다. 성별은 여자입니다. 양친은 전쟁으로 잃었고, 오갈 데 없는 그녀는 같은 처지의 고아들과 함께 교회에서 키워졌습니다. 그 교회는 사교를 추종하는……."

사라의 과거.

"풍요롭지 못한 세계였습니다. 당연히 사라는 어렸을 때부터 먹고 싶은 것을 마음껏 먹지 못했습니다. 그렇다 보니 그 아이는 음식을 먹는 것을 정말 좋아합니다. 특히, 여태까지 먹어본 적이 없는 새로운 음식을 먹는 것. 그녀의 세계에서는 향신료가 드물었으니, 그를 참고해 주세요. 호화로운 음식도 좋아할 겁니다."

실제로 사라는 매콤한 양념치킨이나 불족발을 좋아했다. 향신료? 인도 요리? 백현의 머리가 핑핑 돌았다.

"교회의 붕괴 후 사라는 함께 탈출한 아이들과 함께 거리를 떠돌며 지냈습니다. 최악의 시기였지요. 죽지 않은 것이 용했습니다. 빈궁한 시기를 오래 겪었다 보니, 사라는 저에게 곧잘 호사스러운 생활에 대해 말하곤 했습니다. 동경 어린 말이었죠. 이것도 참고해 주십시오. 특히, 사라는 '금'을 좋아했습니다. 반짝거리는, 아시죠?"

'어쩐지. 람보르기니랑 페라리를 타고 싶단 말을 하더니.'

유운려는 그와 비슷한 이야기들을 계속했다. 덕분에 백현은 사라가 튤립을 좋아하고, 수국을 좋아하고, 머리를 빗겨주는 것을 좋아한다는 것을 알았다.

그 외에도 다양한 것을 알게 되었다. 가령, 사라의 등골을 손끝으로 쓸어내릴 때 그녀가 얼마나 바보 같은 소리를 내는가, 하는 알 필요 없는 것들까지.

"그 아이는 내륙에서 태어나 살았고, 먼 곳을 여행할 형편도 아니었습니다. 그래서인지 여행을 하고 싶다는 말을 많이 했습니다. 산이나 강…… 바다는 말로만 들었지 본 적도 없다더군요. 배를 타고 싶다는 이야기도 많이 했습니다."

언젠가 함께 소파에 앉아 TV를 보며 채널을 돌리는 중, 우연히 튼 홈쇼핑 채널에서 크루즈 패키지여행을 특가로 팔고 있었다. 리모컨을 쥐고 있던 사라는 한동안 입을 헤- 벌리고 TV 화면을 홀린 듯이 바라보았었는데, 그 모습이 이상하리만치 선명하게 떠올랐다.

"그 아이는 멸시와 구박에 익숙하다고 말했습니다. 그건…… 어쩔 수 없는 일입니다. 백금발과 적안은 음양화신의 특징입니다. 중원에서 태어난 저는, 막 태어났을 때부터 귀신의 아이라며 산파가 저를 죽이려 했다더군요. 제 어린 시절 역시 멸시와 구박의 기억이 대부분이었습니다. 사라도 크게 다르지 않았습니다."

유운려의 목소리와 눈에 쓸쓸함과 연민이 스쳤다.

"양친을 잃고 사교의 교회에 맡겨진 아이입니다. 사실…… 이런 말은 너무하게 들릴지도 모르겠지만, 저는 그게 오히려 다행이었다고 봅니다. 그 교회에서 사라와, 사라에게 특히나 잘해주었던 '페레하'라는 아이. 그 둘은 사교가 숭배하는 '마녀'의 '시녀'로서 교육을 받고 있었다더군요."

"시녀?"

"언젠가 사교의 마녀가 재림해 신국(神國)을 세울 때. 마녀의 가장 가까운 곳에서 시중을 들, 말 그대로의 시녀입니다. 시종은 순결해야 했기에, 어린 사라는 교회에서 몸을 더럽히지 않을 수 있었다더군요."

지저분한 이야기다. 처음에는 왜 이런 이야기를 들어야 하나 싶었지만, 백현은 어느새 표정을 굳히고서 설화봉의 이야기를 들었다.

"하지만. 교회의 어른들은 사라를 특별히 취급했어도, 같은 연령대의 아이들은 아니었다더군요. 은근한 따돌림. 아시나요? 어린아이들은 순수하리만큼 악랄해요. 아이들에게 있어서 싫은 것은 그냥 싫은 거예요. 가뜩이나 그런데, 외모도 다르고 특별 취급까지 받으니…… 싫어할 수밖에 없죠."

잘 안다. 백현이 모를 리가 없는 이야기다. 그 역시 고아였으니까. 학교에 다닐 적 받았던 괴롭힘은 지금 와서 생각하면 유치하기 짝이 없는 것들이지만. 그 당시에는 정말이지.

"교회를 나가서도 크게 달라지지 않았습니다. 어린아이들…… 전쟁으로 피폐해져, 모두가 빈궁한 거리. 어리다 하여 동정을 베풀 인심 따위는 남아 있지 않은 세계였어요. 가진 것이라곤 어린 몸뚱이뿐. 살기 위해서는 그 몸뚱이라도 팔아야 했습니다."

듣기 역겨운 이야기다.

“사라를 어여삐 여긴 폐레하는, 사라에게 아무것도 시키지 않았습니다. 그냥 작은 방 안에 두었죠. 당연히 불만은 쌓였습니다. 폐레하는 아니었지만, 다른 아이들은 폐레하가 없을 때마다 사라를 구박했어요. 사라는 폐레하에게 그것을 내색하지 않았습니다.”

그렇다면 마음이 썩을 수밖에.

“거기서 다시 파국은 찾아왔습니다. 사라의 몸이 망가지기 시작한 겁니다. 타고난 음기와 양기를 다스리지 못하는 이상, 몸은 곪아 문드러져 추물로 변해갑니다. 어느 순간부터는 운신조차 할 수 없게 되지요. 그렇게 되고서 얼마 지나지 않아, 폐레하와 아이들마저 사라에게 돌아오지 않게 되었습니다.”

멸시와 구박에 익숙해졌다. 몸조차 쓸 수 없게 되었다. 폐레하가 아무리 자신을 특별히 여겨줌을 알아도, 그 처지가 되면 당연히.

“사라는 버림받았다고 생각했습니다. 너무 배가 고파 거리로 나가보았지만, 고름이 흘러내리는 추물을 사줄 사람은 아무도 없었죠. 오히려 역병에 걸렸다며 돌을 맞고 욕을 먹었다는군요. 사라는 방으로 돌아와 죽음을 기다렸지만, 간간이 들어오는 누군지 모를 존재의 호의 덕에 간신히 목숨을 연명할 수 있었습니다. 그러던 중에 여휘의 인도로 도원경에 오게 된 겁니다."

유운려는 긴 한숨을 내쉬었다.

"사라가 무적자를 운운하며 건방을 떨던 것은, 저런 과거 때문입니다. 그녀는 진심으로 힘을 원했어요. 지금도 상당히 나아진 겁니다."

확실히. 처음 만났던 사라는, 초면에 건방을 떨며 싸움을 걸어오는 망나니였다. 하지만, 그녀가 겪은 삶을 생각하면 그마저도 꽤 유순한 모습이었다.

"그 아이는 타인에게 사랑받은 경험이 적습니다. 그 아이에게 무조건적인 호의를 준 것은 폐레하와 저뿐이었습니다. 또, 그 아이에게 멸시와 구박이 아니라 대등한 위치에서 교류를 해온 이성은 백현 당신뿐이었습니다."

"……저, 그게 대등한 위치에서의 교류였습니까? 멸시와 구박이 아니라?"

"적어도 백현 당신은 사라에게 욕을 하지는 않았잖습니까. 사라도 그게 대련일 뿐이었다는 것은 이해하고 있었습니다."

설화봉의 말을 듣고 있으니, 그 당시엔 느끼지도 않았던 죄책감이 밀려왔다.

"타인에게 무언가를 받은 적이 없기 때문에, 선물을 소중하게 여깁니다. 상처가 많아서…… 더 상처를 받고 싶어 하지 않을 겁니다."

설화봉은 잠시 말을 멈추고서, 백현을 쳐다보았다.

"사라의 감정에 보답해 달라고 하지 않겠습니다. 하지만, 그 감정을 아예 모른 척하지는 말아주세요. 그리고 가능하다면 그 아이를 사랑해 주세요. 제가 선계에 와 있는 이상, 그 아이가 기댈 곳은 이제 당신뿐입니다."

"……예."

"그러니 제발, 사라를 괴롭히지 말아주십시오."

"안 괴롭힙니다……."

백현은 양손으로 얼굴을 감싸며, 답답하고 억울해 중얼거렸다. 도원경을 나와서 사라를 단 한 번도 때린 적이 없는데, 왜 다들 사라를 그만 때리라고 하는 것일까.

"그야 당신이 도원경에서 했던 일을 생각하면……."

"거기는 도원경이라 그랬던 거고요……."

"제 조언은 여기까지입니다. 사라의 개인적인 이야기를 제가 마음대로 떠드는 것은 굉장히 무례한 일이지만……. 그 아이의 성격상 당신에게 절대로 이런 이야기는 하지 않을 테니까요."

설화봉은 쓰게 웃으면서 책을 덮었다.

"이 이야기는 사라에게 내색하지 말아주십시오. 그리고, 가끔씩…… 떠올려서 사라를 챙겨주세요. 사랑하지 않더라도, 백현 당신은 사라와 같은 세계에 있으니까. 그리 할 수 없는 저를 대신해서…… 부탁드리겠습니다."

"예, 알겠습니다."

백현은 꾸벅 고개를 숙이며 대답했다.

'돌아가면 크루즈 패키지 티켓부터 끊어야 하나.'

백현은 진지하게 그런 고민을 했다.

3장
감사합니다

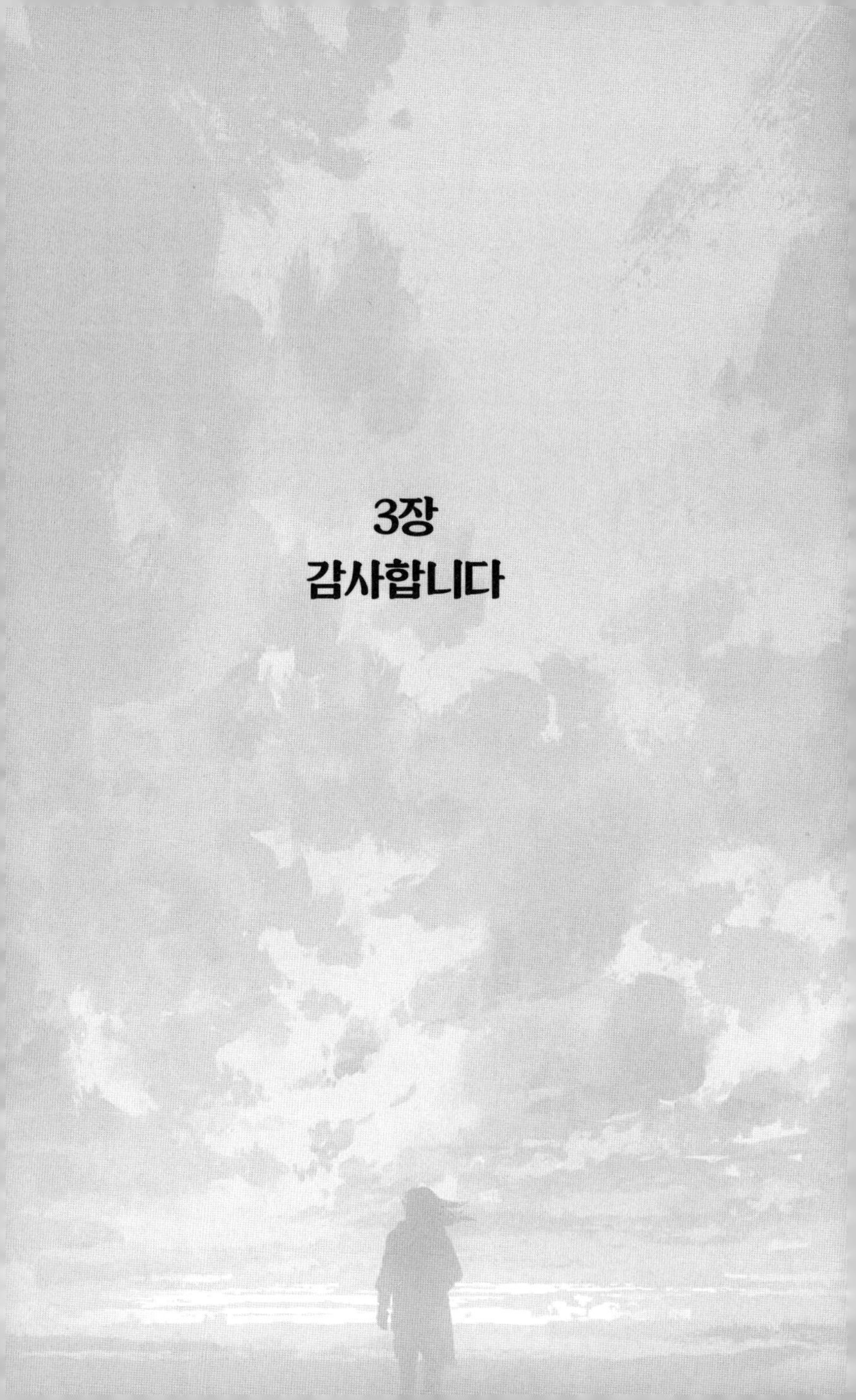

저녁노을이 질 무렵. 바로 어제, 백현의 낭심이 으깨졌던 저택의 연무장에 여러 신선이 모여들었다.

백현이 모르는 신선들은 없었다. 모두가 백현이 선계에 와서 만나고 엮었던 신선들이었다.

요희란과 명공의 박수와 환호에 내키지 않는단 얼굴로 앞에 나선 취공은, 제 몸만큼이나 커다란 술독들을 연무장 한가운데에 보란 듯이 풀어놓았다.

말이 송별회지, 시끌벅적한 술판일 뿐이었다. 이별의 아쉬움이나 재회의 기약 따위는 나누지 않았다. 다들 그럴 필요가 없다는 것을 알고 있었기 때문이었다.

모인 신선들은 백현을 너무나 잘 알고 있었다. 지난 한 달 동안, 백현과 직접적인 대련을 나누지 않은 명공과 취공, 설화봉조차도. 언젠가 백현이 반드시 등선하여, 선계에 오게 될 것이라 생각하고 있었다.

"투신은?"

"올 거냐 물었는데, 바빠서 못 온다고 했다."

"노는 것 좋아하는 양반이 별일이군."

"왜 하필 오늘이냐면서 짜증 내던 것을 보면, 오고 싶어도 못 오는 모양이야. 보나 마나 여자 문제겠지."

마황의 말에 허주가 쩝 입맛을 다셨다. 그는 오지도 않는 투신에 관한 이야기는 그만두고서, 백현을 힐긋 쳐다보았다.

"네가 어디서 맞아 죽지만 않는다면."

허주는 손이 큰 만큼, 잡은 술잔도 컸다. 그가 술독에서 술을 한 잔 풀 때마다 술독의 술은 눈으로 확인할 수 있을 정도로 줄었다.

취공은 무식하게도 처먹는다며 투덜거렸지만, 허주는 취공의 말은 들은 체도 하지 않았다.

"길어도 십 년이 지나지 않아 정식으로 등선해 선계에 올 수 있을 거다. 아니, 어쩌면 그것보다 더 빠를 수도 있겠군."

"그걸로 내기할까?"

듣고 있던 취공이 냉큼 끼어들었다.

가면을 옆으로 비켜 쓰고서 조용히 술잔을 기울이고 있던 마황이 쯧쯧 혀를 차며 말했다.

"자네는 그렇게 털려놓고 또 내기를 하고 싶나?"

"털리기는 누가 털려? 그냥, 어른답게 양보해 준 것이지. 이번에는 저번처럼 서로 짜고 칠 수도 없으니, 꽤 공평하지 않겠나? 자, 어때. 내기해 보자고. 마황 자네는 흑뢰번천을 걸고……."

"누구 마음대로 흑뢰번천을 걸어? 본좌는 할 생각일랑 없으니 댁들끼리 알아서들 하게나."

"천하의 마황이 쫄았나 보지?"

"쫄기는. 내기도 급수가 맞아야 하는 것 아니겠나? 본좌의 흑뢰번천과 급수를 맞추려면 취공 자네는 평생 만들 취화선주를 상납해야 할 텐데, 그래서야 자네의 남은 삶이 참으로 궁상맞지 않겠나?"

마황의 이죽거림에 취공의 얼굴이 시뻘겋게 물들었다. 취공은 재빠른 금나수법으로 마황이 든 술잔을 뺏으려 들었지만, 마황은 어느새 질풍신뢰로 그 자리를 벗어나 버렸다.

멀찍이 떨어진 나무의 가지에 앉아 입안에 술을 털어 넣는 마황을 본 취공의 어깨가 파르르 떨렸다.

"마지막 날인데, 연회의 흥도 돋울 겸 대련이나 한번 해보지?"

"제 흥은 죽을 것 같으니 그만두겠습니다."

얌전히 주는 술을 받아 마시던 백현은, 앞에서 술을 따르는 창왕의 말을 즉시 거절했다.

창왕은 쩝 입맛을 다시며 손으로 턱을 괴었다.

"내가 설마 널 죽이기라도 하겠냐?"

"죽이지는 않겠지만 죽기 직전까지는 갈 것 같은데요. 떠나기 전날에 그런 수모를 겪었다가는, 돌아가서도 억울하고 열 받아서 잠을 설칠 겁니다."

그렇게 말하니 창왕도 더 이상 권하지 않았다.

챙.

창왕은 백현과 술잔을 한 번 부딪치고서, 단번에 술잔을 비웠다.

"흠, 너랑은 조금 더 해보고 싶었는데."

"한 달 내내 질리도록 하지 않으셨습니까."

"그야 그렇긴 한데. 어제의 너는 여태까지와는 달랐거든."

"그래 봤자 아직 창왕 님보다는 훨씬 약합니다."

"당연히 그렇겠지. 한 달 수행해서 나보다 강해지면 그게 부조리한 거야."

창왕은 낄낄 웃었다.

"네가 등선해서 선계에 오면, 자주 싸워볼 놈이 생기겠구나."

"이런 자리에서까지 무식한 이야기를 하다니."

그 말에 설화봉의 어깨에 기대어 소곤거리며 이야기를 나누던 요희란은 들으란 듯이 투덜거렸다.

"애, 설화봉의 조언은 들었니?"

요희란이 백현을 쳐다보며 물었다. 그 갑작스러운 말에 백현은 살짝 굳은 얼굴로 머리를 끄덕거렸다.

요희란은 격공섭물로 술독의 술을 가득 푸더니, 백현의 빈 잔을 채워주었다.

"정말, 정말로. 그 아이의 앞에서 노래는 하지 말렴. 알겠지?"

"안 합니다."

"정 해달라고 하거든 솔직하게 말하는 게 나아. 네 노래는, 정말로 안 하는 게 나을 정도니까."

"저 녀석의 노래가 그 정도로 심한가?"

명공이 의아하단 표정을 지으며 물었다. 백현의 끔찍한 음색을 떠올린 요희란의 어깨가 파들거리며 떨렸다.

"내가 죽어서 지옥에 가본 적은 없지만, 그곳의 죄인들이 지르는 비명을 하나로 섞어 노래로 만들면 비슷하지 않을까 싶어."

"그럼 답이 없군."

명공은 끌끌 혀를 차며 중얼거렸다. 고개를 끄덕거리며 맞장구를 치던 요희란은, 번뜩 무언가가 떠올라 명공을 쳐다보았다.

"너, 보물 많다고 항상 자랑했잖아. 네가 가진 것 중에 노래 잘하게 해주는, 그런 건 없어?"

"없다."

명공은 고민도 없이 대답했다. 그는 우수에 젖은 눈으로 술잔을 보며 그 누구도 묻지 않은 말을 이었다.

"내 피의 절반은 마(魔)로 오염되었지만, 그 덕분일까. 나는 무수히 많은 악마적 재능을 타고났지. 음악 역시…… 싸구려 펍에 모인 용병들의 꽥꽥거림도, 내 음색이 섞인 순간 모두가 나를 위한 세션으로 전락해 버려. 무도회에서 나의 세레나데를 애타는 마음으로 바라던 영애들이 얼마나 많았는지……."

"우자는 네게 해줄 조언이 마땅치 않다."

송별회에 모인 신선 중 명공이 자기만의 추억에 젖어 떠드는 것을 제지하는 신선은 아무도 없었다. 괜히 말을 걸었다가는 명공에게 붙잡혀 듣고 싶지 않은 그의 빛나는 과거를 한참 동안 들어야 한다는 것을 다들 알고 있기 때문이었다.

"너는 우둔한 우자와는 비교할 수 없이 영민하니까."

"과찬이십니다."

백현은 쓰게 웃으며 손사래를 쳤다. 하나 우자는 되려 고개를 가로저으며 말을 이었다.

"네가 완성해 갈 천의무봉은 우자의 천의무봉과 다른 형태가 될 거야. 어쩌면 우자의 것보다 나을지도 몰라."

백현은 우자에게 천의무봉을 배웠다. 하나둘의 천의무봉은 시작이 같을 뿐이다. 우자는 천의무봉에 죽은 아내에 대한 그리움과 염원을 담았다. 하지만 백현은.

"사실, 우둔한 우자는 네가 등선할 때까지 천의무봉을 완성하지 못할 거야. 그렇게 되면 스스로 목숨을 끊지도 못하고, 선계에서 구차히 살아가고 있겠지. 만약, 그렇게 되면.”

우자는 잠시 말을 멈추고서 쓰게 웃었다. 백현은 피식 웃으며 우자가 만지작거리는 빈 잔에 술을 채워주었다.

“그때는 뭐, 친구가 될 수 있겠죠.”

“……우둔한 친구를 두려 하는군.”

백현이 너스레를 떨며 하는 말에, 우자는 멈칫거리다 웃었다.

“죽기는 뭘 죽어? 죽게 두기나 할 것 같아?”

취공이 투덜거렸다. 그는 여태껏 마황이 술을 더 마시지 못하게 하려고 갖은 노력을 다하였지만, 속도에 있어서 그 누구보다 우월한 마황을 취공이 막는 것은 불가능했다.

결국, 그는 포기하고 우자의 곁에 앉아, 그의 뒤통수를 빡 소리 나게 때렸다.

“너 뒈져서 오면 참 좋아라 하겠다. 살 사람은 살아야지.”

“이리 오래 살았으면 갈 때도 되었지. 너무 오래 기다리게 하는 것도 예의가 아니니.”

우자의 중얼거림에 취공의 눈썹이 꿈틀거렸다. 그는 뭐라고 말을 하려다가, 한숨을 푹 내쉬고서 입술을 꾹 다물었다.

우자의 사연을 알고 있는 이상 무턱대고 자기 의견만 주장할 수는 없었다.

“언제 갈 거냐.”

"동이 트는 대로 가려 합니다."

돌아온 대답에 취공은 쩝 입맛을 다셨다. 노을 질 무렵부터 시작한 연회인데, 어느덧 밤이 깊었다.

다들 빼지 않고 술을 퍼먹은 덕에, 가져온 술들도 이미 반 이상 비었다.

"……네게 이리 퍼준 것은, 네가 아직 등선하지 않았기 때문이야. 머리 굴리는 게 귀엽기도 했고, 영특하고 똘망똘망한 게 나도 이런 제자나 하나 있으면 딱 좋겠다 싶어서."

취공은 그렇게 중얼거리며 술을 홀짝 마셨다.

"하지만 네가 진짜 등선해서 여기에 온다면, 흥, 그때는 널 챙겨줄 이유가 없지. 그러니 이 주정뱅이에게 뭔 콩고물을 얻어먹을 기대 따위는 하지 말거라."

"잘 알겠습니다."

백현의 깍듯한 대답에 취공은 콧방귀를 뀌었다. 그러다가 슬쩍 주변을 살피더니, 백현 쪽으로 몸을 살짝 기울였다.

"그러고 보니, 이 늙은이가 네게 이별주를 주지 않았구나. 잔 줘봐라."

"예."

백현이 빈 잔을 내밀었다. 취공은 다시 한번 주변을 살폈다. 그러더니, 재빠른 손놀림으로 소매 안에서 자그마한 종지를 꺼내더니, 백현의 술잔에 허연 가루를 쏟았다.

그러곤 즉시 술을 부어 잔을 반쯤 채웠다. 취공이 푼 가루는 금빛 술에 녹아버렸는데, 가루가 풀렸는데도 술에 향은 더해지지 않았고 색도 변하지 않았다.

"이게 뭐……."

[마셔라.]

취공이 전음을 보냈다. 챙겨주니 감사할 따름이지만 이미 내공은 차고 넘친다. 게다가 너무 주는 대로 받아먹은 탓에 양심도 좀 찔린다. 그래서 겸허히 거절하려 하니.

[그건 내공 증진과 상관없다.]

취공이 진지한 표정을 지으며 전음을 보내왔다.

[여기 신선 놈들이야 쓸데도 마땅찮다지만, 너는 아니지.]

[예?]

[그거.]

취공의 손이 슬며시 아래로 내려갔다. 그 손은 취공의 다리 사이에서 멈췄다. 백현은 두 눈을 말똥거리며 취공의 손을 바라보았다. 취공의 손이 꽉 쥐어졌다.

[여기에 왓따야.]

사타구니에서 멈춘 주먹에서 엄지손가락이 번쩍 들렸다. 그 추접한 따봉을 본 백현의 두 눈이 파르르 떨렸다.

그는 자신도 모르게 자신의 사타구니를 내려 보았다. 여태까지 한 번도 사용해 본 적이 없었고, 앞으로 언제 사용할지도 모르는. 나름대로 자신은 있지만.

[몇 번 쓰고 훅 가는 것도 아니지. 체질에 적용되는 것이니까. 줄 때 곱게 받아 마셔라. 네가 어디서 이런 걸 받아 마시겠냐?]

"……크흠."

백현은 고개를 꾸벅 숙인 뒤에 단숨에 술을 마셨다. 취공은 그 모습을 흐뭇한 눈으로 바라보았다.

"슬슬 자리를 비켜줘야 하는 것 아닌가?"

달이 기울어간다. 아직 동이 트기까지는 조금 시간이 남았지만, 마황은 무신마를 쳐다보며 물었다.

"그래도 이별 전에 궁상떨 시간은 있어야 하지 않겠나. 남들 앞에서 하기에는 피차 민망할 터인데."

"마음은 고맙지만, 그럴 필요는 없네."

무신마는 쓰게 웃으면서 술잔을 입술로 가져갔다.

"이미 현이와 나눌 이야기는 모두 나누었고, 전할 것도 모두 전했네. 그리고…… 저 아이와 인연을 맺은 것은 본좌뿐만이 아니잖나."

"흠. 그야 그렇겠지만, 나중 가면 하지 못한 것이 떠오르고 나누지 못한 이야기가 떠오르는 법이야."

"경험담인가?"

"그럼 겪지도 않은 이야기를 할까."

마황은 피식 웃으며 말했다. 그 말에 무신마는 낮은 소리를 내며 웃었지만, 결국에 마음을 바꾸지 않았다.

"괜찮네."

무신마는 푸근한 눈으로 백현을 바라보았다.

지금 백현의 주변에는 여러 신선이 앉아 있었다. 바로 곁에 앉은 허주가 백현에게 계속해서 술을 부어주고 있었고, 취공은 그 술을 아깝다는 눈으로 바라보면서도 백현이 술을 마시면 잘한다고 짝짝 박수를 쳤다.

명공은 그 맞은편에서 아직도 누가 묻지도 않은 이야기들을 떠들었다. 창왕과 우자는 그 말을 듣는 둥 마는 둥 하며 가끔 백현과 술잔을 부딪쳤다.

결국, 듣다 못한 요희란이 명공의 입을 틀어막았고, 설화봉은 그 모습을 보며 풋 웃었다.

"저들 모두가 현이와 어떤 인연을 맺었고, 현이에게 무언가를 알려주었네."

무신마는 작은 목소리로 중얼거리며 빈 잔을 내려놓았다.

"스승인 본좌가 현이에게 줄 수 없고, 가르쳐 주지 못하는 것들. 한 달은 짧은 시간이지만, 저들과 만나 가르침을 받은 현이가 보낸 한 달은 결코 짧지 않았네. 오늘은 그리 맺은 인연의 마지막 날이야. 본좌가 스승이라 해서 어찌 그 마지막을 차지할 수 있겠나?"

"아직도 자신이 부족한 스승이라 생각하나?"

"본좌가 할 수 있는 모든 것은 해주었다고 생각하네. 본좌가 어떤 스승이었는지를 판단하는 것은, 본좌가 아닌 현이가 해야 할 일이지."

"흠. 본좌도 저 너석의 두 번째 스승이기는 한데. 본좌가 보건대, 자네는 훌륭한 스승이었어. 직접 가르치는 것이 서툴러도, 제자를 위한 마음은 본좌보다 나았지."

마황은 그렇게 말하면서 손으로 턱을 괴었다. 그 말에 무신마는 헛웃음을 흘리며 고개를 가로저었다.

"그렇게까지 말해줄 필요는……."

"최고의 스승이십니다."

불쑥 목소리가 들려왔다. 무신마는 고개를 돌려 앞을 보았다. 어느새 백현은 몇 걸음 떨어진 곳에 서 있었다.

무신마는 두 눈을 끔벅거리며 백현을 보다가, 마황을 돌아보았다. 마황은 아무것도 모른다는 표정으로 자기 잔에 술을 채웠다.

"……민망한 말을 하게 만들었군."

"흠, 본좌는 단지 궁금해 물었을 뿐일세."

"제가 귀머거리도 아니고, 이 거리에서 나누는 이야기를 듣지 못하겠습니까?"

백현은 그렇게 말하며 무신마의 앞에 앉았다.

"도원경에서 등선하실 때도 했던 말이지만, 스승님은 제게 모든 것을 주신 분입니다."

"현이 너까지 본좌를 민망하게 하는구나."

"판단은 스승님이 아니라 제자인 제가 하는 것이라 하지 않으셨습니까? 설마 한 입으로 두말하시려는 것은 아닐 테고."

"설마 그럴 리가. 본좌도 직접 들었는데."

마황이 고개를 끄덕거리며 말을 받았다. 난감한 표정을 짓던 무신마는, 결국 못 이기는 척 고개를 끄덕거렸다. 하지만 척은 척일 뿐, 절대 기분이 나빠 보이지는 않았다.

"그리 말해주니 고맙구나."

그 말조차 어쩔 수 없이 받아들인다는 느낌으로 하는 것이었지만, 백현은 스승이 흐뭇해하는 감정을 느낄 수 있었다.

그는 빙긋 웃으며 스승의 빈 잔에 술을 가득 채워주었다.

"둘째 스승님도 받으십시오."

"네 눈은 옹이구멍이라 본좌의 잔을 보지 못하는 거냐?"

마황의 잔은 방금 따른 술로 아직 차 있었다. 핀잔을 들은 백현은 아무것도 모른다는 표정을 지으며 고개를 갸웃거렸다.

"무슨 말씀이십니까? 제자가 이별 전에 올리는 술을 받지 않으시겠다는 겁니까?"

"×발 놈이로구나."

마황은 픽 웃으면서 자신의 잔을 말끔히 비우고 백현이 따르는 술로 새로 잔을 채웠다. 한 대 맞지 않을까 싶었는데, 이

별이 가까워서 그런지 마황은 자비를 베풀어주었다.

"전부 감사했습니다."

두 스승과 제자가 함께 잔을 비웠다. 백현은 빈 잔과 함께 고개를 숙였다.

"두 분께 배운 가르침은 평생 잊지 않겠습니다."

한 달 동안 너무 많은 것을 배웠다. 이곳의 한 달은 도원경의 20년에 버금갈 정도로, 아니, 그 이상의 가치를 가지고 있었다. 그리고 그 한 달이 이제 끝난다.

새벽 내내 이어지던 주연(酒筵)은 한순간도 꺼지지 않고 무르익기만 하였으나, 이제는 그를 거둘 때였다.

그 많던 술독은 어느새 비었다. 방금 빈 것도 아니고 아까 전부터 비어 있었다. 하지만 아직 마실 술은 각자에게 남아 있었다. 술 좋아하는 주당들조차 잔을 가득 채운 술을 입에도 대지 않았다.

어둠이 걷힌다. 달은 아직 사라지지 않았다. 하지만 그 빛은 희미해져, 밝아져 가는 하늘에 달의 형태가 먹혀간다. 여명이 온다.

"다음에 내 무용담을 들으러 오거라."

명공이 술잔을 들었다. 누구 하나 궁금해하지 않던 무용담을 홀로 떠들던 그는, 아직도 무용담이 더 남아 있는지 아쉬운 표정이었다.

"명심해. 노래는 안 돼. 알았지?"

요희란이 술잔을 들었다. 그녀는 진지한 눈으로 백현을 쳐다보았다. 그 눈은 음공의 고수로서가 아니라, 순수하게 백현을 걱정하는 눈이었다.

"꼭 감당할 수 있을 때. 조심히, 그리고 잘 쓰도록 해라."

취공이 술잔을 들었다. 근엄한 투로 한 말에 다들 뭔 소리를 하냐는 듯이 취공을 보았으나, 취공은 자신의 은밀한 선물에 대해 떠벌리지 않았다.

"우자는 너와 만나서 좋았다."

우자가 술잔을 들었다. 너와의 기억을 잊지 않는다고. 우자는 그렇게 말했었다. 백현과 매일 대련하던 한 달은 우자에게도 많은 영감을 주었다.

"다음에는 조금 더, 끝에 가까울 정도로 해볼 수 있겠지."

창왕이 술잔을 들었다. 그는 백현과 했던 대련에 여전히 아쉬움을 느끼고 있었다. 그렇기에 백현이 빨리 제대로 등선해 선계에 오기를 바라였다.

"당신이 가는 길에 무운이 함께하기를. 그리고, 부디."

설화봉이 술잔을 들었다. 그녀는 하던 말을 삼키고서 씁쓸히 웃었다. 무조건 부탁을 강요하는 자신의 모습이 스스로도 못났다 여긴 것이다.

"그다지 할 말도 없는데, 덕담을 꼭 해야 하나?"

마황이 술잔을 들며 중얼거렸다. 그 말에 허주가 쩝 입맛을 다셨다. 잠시 고민하던 그는, 이거다 싶어서 냉큼 입을 열었다.

"뭐, 어디서 맞고 다니지나 마라."

허주가 술잔을 들었다. 씩 짓는 웃음에 입술이 말려 올라가며 날카로운 이가 보인다. 툭 던진 말에 걱정이라곤 실려 있지 않았다. 맞고 다닐 정도가 아니라고 믿기 때문이었다.

"본좌가 하려 했는데."

마황이 낭패란 표정을 지으며 중얼거렸다. 그 말에 허주가 껄껄 웃는 소리를 냈다.

"네 스승 중 하나가 마황 양일천임을 알아라. 그리고, 그에 부끄럽지 않게 행동하도록 해라."

"결국, 자기 자랑이군."

창왕이 중얼거렸지만, 마황은 들은 체도 하지 않고 술잔을 들었다. 자부심에 가득 찬 말이긴 했으나, 그만한 짐을 지우는 말이기도 했다.

"현아."

마지막으로 무신마가 술잔을 들었다. 그는 잔잔한 눈으로 백현을 바라보았다.

"본좌는 이미 네게 해줄 만한 이야기는 모두 해주어서, 특별히 더 할 이야기는 없구나."

무신마는 그렇게 말하며 백현에게 다가왔다. 백현은 처음부터 술잔을 들고 서 있었고, 모두가 해주는 이야기를 들으며 웃고 있었다.

"그러니. 본좌가 여태까지 네게 한 모든 이야기를 잊지 말거라."

무신마의 걸음이 백현의 앞에서 멈추었다.

"본좌의 말이 절대적으로 옳지는 않을 게다. 어쩌면, 본좌에게 옳았던 것들이 네게는 아닐지도 모를 일이지. 하지만 그 '다름'을 확인하고 대조해 볼 수는 있을 게야."

무신마가 술잔을 앞으로 내밀었다.

"본좌는 네 스승이지만, 무조건 네 앞에 선 자는 아니다. 그러니 현이 너 역시 본좌가 지난 길을 무조건 따를 필요는 없다. 무(武)가 무한하고 세상은 끝없이 넓으며, 네 앞의 산이 얼마나 험준하고 높은지. 현이 넌 충분히 겪어보았을 게다. 그러니, 너는 네가 바라는 대로. 네게 맞는 길을 고르도록 하여라."

신화경, 신이 되어가는 경지. 그 경지에 이른 스승이 하는 말이었다.

"예."

백현은 고개를 끄덕거렸다. 그는 깊은 눈으로 스승을 응시했다. 내민 술잔이 작은 소리를 내며 부딪쳤다.

"모든 말을 가슴에 새기겠습니다."

함께 술잔을 비웠다.

그것으로 주연은 끝이었다. 여명은 이미 밝았다. 백현은 몇 걸음 뒤로 물러서서 술잔을 내려놓았다. 그리고 자신을 보는 모든 신선에게 꾸벅 고개를 숙였다.

"지금까지 감사했습니다."

몸을 돌렸다. 굳게 닫혀 있던 저택의 문이 천천히 열렸다. 백현은 뒤를 돌아보지 않았다. 돌아본 순간, 기껏 정리한 미련이 다시 생겨 버릴 것만 같았다.

그래서 나아가는 한 걸음 한 걸음 힘을 주었다. 선계를 떠나고 싶지 않다고 생각하는 본심에 고하듯. 언젠가 다시 오게 될 이 세계에 확실한 족적(足跡)을 새기며.

"다녀오거라."

스승의 목소리가 들렸다. 대문의 바로 앞에 선 순간이었다. 백현은 자신도 모르게 뒤를 돌아볼 뻔하였다.

하지만, 고개가 돌아가려는 순간. 거역할 수 없는 거대한 힘이 백현이 뒤를 보지 않게 하였다. 심안을 통해 포악한 흐름이 보인다. 신적 경지에 이른 스승의 기공이었다.

백현은 쓴 감정을 느끼며 웃었다.

"감사합니다."

등을 떠밀어준 스승에게 감사를 표하며. 백현은 대문을 지났다.

쿵-

대문이 다시 닫혔다. 백현은 한동안 그 자리에 서서 하늘을 올려다보았다.

후욱!

몸에 쌓인 취기가 단번에 증발되었다. 하지만 백현의 얼굴은 여전히 화끈거렸고 코끝도 붉었다. 아무래도 취기 때문이 아니었던 모양이다.

"원한다면 더 남아도 될 텐데."

"아니, 괜찮습니다."

백현은 앞에 선 여휘를 보며 대답했다.

"그럼, 바로 가면 되겠습니까?"

"잠시."

백현은 그렇게 말하며, 크게 숨을 삼켰다. 몇 번 심호흡을 한 뒤, 양손을 들어 짝하고 뺨을 때렸다. 아무래도 너무 세게 때린 모양이었다.

어금니는 박살 났고 턱관절이 뻐근했다. 뺨은 아까부터 화끈거린지라 별 차이가 느껴지지 않았다.

"후."

그래도 어느 정도 정신은 차릴 수 있었다. 백현은 박살 난 이빨이 새로 튀어나오는 것을 확인하며, 퉤 피를 뱉었다.

"이제 됐습니다."

한 달간 지낸 선계. 이 천국 같은 곳을 떠난다.

여휘는 백현의 선택을 이해할 수가 없었다.

저토록 가고 싶지 않아 한다면, 그냥 가지 않으면 되는 일 아닌가. 정식으로 등선은 하지 않았다지만 언젠가 등선하게 될 것은 이미 기정사실. 백현이 타고난 천무성의 재능과 성장 속도를 보건대, 그는 길어야 수년 안에 등선의 자격을 갖출 것이다.

게다가, 선계의 주인인 투신조차도 사실상 백현이 선계에 지내는 것을 묵인하지 않았나. 그렇다면 결국 백현이, '남겠다'라고 바라기만 하면 된다. 그런데도 돌아가겠다니.

여휘는 잠시 백현을 쳐다보았다.

"정말 괜찮은 겁니까?"

"네."

다시 한번 묻는 질문에 백현은 고개를 끄덕거렸다. 그것으로 끝이다. 여휘는 더 이상 묻지 않았다.

여휘가 백현의 선택을 바꾸려 들 이유 따위는 없다. 그녀는 시키는 대로 일을 할 뿐인 경계의 사자였고, 지금 그녀가 해야 할 일은 백현을 본래의 세계로 돌려보내는 것이었다.

여휘가 백현을 향해 손을 뻗으며 말했다.

"그럼, 당신이 왔던 곳으로 돌려보내도록 하겠습니다."

"예."

"언젠가 다시 선계에서 만날 수 있겠지요. 그때가 되면 저는 용이 되어 있을 겁니다."

"전 신선이 되어 있을 거고요."

백현의 대답에 여휘가 피식 웃었다. 그녀는 백현의 손을 잡고서 고개를 끄덕거렸다.

"원하는 것을 이루시기를."

그 목소리는, 마지막이 멀게 들렸다. 백현은 여휘의 목소리 대신에 가슴이 두근거리는 소리를 들었다.

이렇게 될 것이라고는 생각했다. 왔던 곳으로 돌려보낸다고 했다. 백현이 왔던 곳은 어비스의 지하, 그 깊은 어둠이었으니 이곳으로 돌아오는 것이 당연했다.

백현은 한 치 앞도 보이지 않는 어둠 속에 서서, 두근거리며 뛰는 심장 소리에 귀를 기울였다. 이곳으로 돌아와, 이제부터 어떻게 되는 것일까.

백현은 파천신화공을 운용했다. 한 달 전에는 파천신화공을 운용한 것을 시작으로 해서 갑자기 선계로 인도되었다. 하지만 이번에는 아니다. 한 달 전과 비교할 수 없이 거대해진 내공이 움직이며 백현의 몸이 호신강기에 둘러싸였다.

"네가 누구인지 조금 궁금하기는 한데."

어느새 백현의 앞에는 자그마한 빛이 떠 있었다. 벌써 몇 번은 보았던 빛. 그새 익숙해졌는지, 조금 반가운 기분마저 들었다.

"그를 알기에는 아직 내 자격이 부족한가?"

한 번 물어보았지만, 빛은 대답하지 않았다. 대신에 파르르 몸을 떨다가 움직이기 시작했다. 백현은 어깨를 으쓱거리며 빛의 뒤를 따랐다.

투신은 백현에게 깃든 저 빛을 두고서 '묘하다'라고 평가했다. 백현은 저 빛이 심연의 왕좌가 아닐까 생각했지만, 투신은 그 의견을 전면에서 부정했다. 태어난 혼돈으로 회귀한 심연의 왕좌가 그럴 이유가 없다는 것이 그 근거였다.

그렇다면 저 빛의 정체는 무얼까. 백현은 빛의 목소리를 직접 들었었다.

아, 직.

자, 격이, 없.

넌, 나의.

부디.

뚝뚝 끊어져 들리던 목소리. 감히 쳐다볼 수조차 없던 압도적인 격의 차이.

'어쩌면 내게 깃든 천무성. 그 자체일지도 몰라.'

결국에는 추측에 지나지 않는다. 제대로 된 정체가 궁금하긴 하지만, 당장은 알 방도가 없다.

이러니저러니 해도 여태까지 저 녀석에게 여러 가지로 도움을 받은 것은 사실이다. 선계로 갈 수 있었던 것도 저 빛의 인도 덕분이었다. 그리고 이번에도.

어둠이 엷어진다. 빛도 함께 희미해진다. 빛은 계속해서 앞으로 나아갔고, 그만큼 빠르게 그 크기가 줄어들어 어느새 손톱만큼이나 작아졌다. 놈이 발하는 빛은 이제 깜박거리는 수준밖에 되지 않았다.

"고맙다."

감사의 말을 전했지만, 이번에도 대답은 돌아오지 않았다.

돌아온 곳은 눈에 익은 폐허였다.

백현은 주변을 쓱 둘러보았다. 한 달 전에 있던 곳이다. 살덩이가 꾸물거리던 입구는 뻥 뚫려 있었고, 백현이 추락했던 곳에 있어야 할 구멍도 메워져 있었다.

돌아왔다. 이곳은 틀림없는 어비스였다. 상태창과 인벤토리를 열어보는 것으로 확인을 끝마쳤다.

"저건 또 뭐야?"

백현은 입구에 쳐진 노란 선들을 보며 눈썹을 찡그렸다. 그건 누가 봐도 알 수 있을 정도로 노골적인, 출입 금지 표식이었다.

그런 주제에 안쪽의 폐허에는 꽤 많은 기척이 느껴지고 있었는데, 그 기척들이 모조리 이쪽으로 향해오고 있었다. 아무래도 그들도 백현을 눈치챈 모양이었다.

백현은 그냥 가만히 서 있기로 했다. 켕기는 것도 없었고, 저들이 여기서 뭘 하고 있는지도 궁금했다.

사실 가장 궁금한 것은, 자신이 없는 한 달 동안 어비스와 바깥 세계에서 일어난 일들이었다.

얼마 지나지 않아 사람들이 몰려왔다. 그들은 장비를 갖춰 입은 헌터들이었는데, 몇몇 중장갑을 입은 헌터들을 제외하고서는 죄다 마법사들이었다. 갑옷을 입은 헌터들이 재빨리 백현의 복장을 확인했다. 백현이 관계자인지 아닌지를 확인한 것이다.

"들어오시면 안 됩니다!"

백현을 발견한 헌터 중 하나가 대뜸 그렇게 소리를 질렀다. 갑옷을 입은 백인이었다. 그는 성큼성큼 백현에게 다가오더니 입구에 쳐진 노란 선들을 가리켰다.

"이곳은 관계자 외 출입 금지입니다. 통로 너머에도 경비가 있었을 텐데 어떻게 들어온 겁니까?"

"저기, 그러니까."

"아니 그것보다, 대체 구멍은 어떻게 내려온 겁니까? 바깥에 아무도 없었습니까? 다들 뭐 하고 있었던……."

쏘아붙이는 말이 끝날 기미가 보이지 않았다. 백현은 뒤통수를 긁적거리다가 내공을 풀어냈다.

화악!

덮쳐오는 위압감에 헌터들의 얼굴이 하얗게 질렸다.

"사이좋게 얘기나 좀 하죠."

백현은 멋쩍은 미소를 지으며 그렇게 말했다.

폐허에 있는 헌터들은 협회 소속의 조사 헌터들이었다. 그들은 한 달 전부터 해서 이곳에 남아 있던 몬스터들을 완전히 토벌하고, 마법을 통해 이곳에서 대체 무슨 일이 벌어졌는지를 조사하고 있었다.

"……조사 결과에 관한 이야기는 알려 드릴 수 없습니다."

"안 물어볼 거니까 걱정 마세요."

"그런데……. 당신은 그때 죽었다고 들었는데……? 어떻게 된 겁니까?"

"운 좋게 안 죽었으니까 여기 이렇게 살아 있죠. 설마 제가 유령이겠어요?"

딱딱한 분위기를 풀기 위해 던진 회심의 농담이었지만, 분위기는 조금도 풀리지 않았다.

이쪽을 보는 헌터들의 눈은 한 달 만의 생환에 대한 자세한 설명을 요구하고 있었다. 하지만 저들에게 지하 어둠 속으로 떨어져 헤매다 보니 선계에 갔고, 신선들을 만났다…… 라는 이야기를 대체 어떻게 납득시킨단 말인가.

"어쨌든요. 안 죽었습니다."

그래서 그냥 입을 닫고 있기로 했다. 백현이 설명해 줄 마음이 없는 이상, 협회의 헌터들도 백현의 생환에 대해 자세한 것은 더 물어볼 수 없었다. 적어도 이곳은 말보다 주먹이 앞선 곳이었다.

한 달 전에 이곳에서 탈출한 헌터들은, 통로 너머에 있던 라이 룽 덕에 무사히 생환할 수 있었다. 그건 다행이었지만, 백현이 선계에 가 있던 한 달 동안 세계는 조용하지 않았다.

"전멸?"

"예."

놀라서 묻는 말에, 헌터는 딱딱하게 굳은 얼굴로 대답했다.

불과 일주일 전에 있던 일이다. 11월의 말일. 어비스에서 언제나처럼 몬스터가 튀어나왔다. 거기까지는 문제가 없었다. 매달 말일 정오에 몬스터가 튀어나오는 것이야 항상 있던 일이니까.

하지만 그리스의 어비스는, 다른 나라의 어비스와는 다른 일을 겪었다. 그곳에서 튀어나온 것은 수십 수백의 몬스터가 아니라, 단 한 마리의 몬스터뿐이었다.

"그것을 몬스터라 해야 할지는 모르겠지만."

여태까지와는 전혀 다른 경우였기에, 그곳에 모여 있던 헌터들은 당황할 수밖에 없었다. 하지만 그렇다고 해서 아무것도 하지 않을 수는 없는 노릇 아닌가. 그들은 몬스터를 토벌하기 위해 나섰고, 결과는 전멸이었다.

오랜 시간이 걸린 것도 아니었다. 순식간. 정말로 순식간에, 몬스터를 토벌하기 위해 모여 있던 모든 헌터들이 단 한 마리의 몬스터에게 전멸당했다.

"학살을 끝낸 몬스터는 곧바로 하늘을 날아 그곳을 이탈했습니다. 그리스 정부는 전투기까지 날리며 몬스터를 추적하려 했지만, 그 과정에서 기껏 날린 전투기들까지 격추되어 버렸습니다."

지구에 어비스가 나타난 지 벌써 5년이 다 되어간다. 헌터의 힘이 그리 강하지 않고 몬스터에 대한 대처법이 제대로 마련되지 않았던 초기에는 이런 일이 곧잘 일어나곤 했지만, 최근 몇 년 동안 어비스에서 튀어나온 몬스터에게 헌터가 전멸하고 몬스터를 놓친 경우는 처음이었다.

"관리국과 길드는 물론이고 각국의 정부들이 사라진 몬스터의 행방을 좇고 있습니다만, 아직 이렇다 할 성과는 없습니다."

"어떤 몬스터였는데요?"

"……아까 말했던 것처럼, 그걸 몬스터라고 해야 할지는 저도 잘 모르겠습니다. 그건 여태까지 출현했던 그 어떤 몬스터와도 달랐어요. 생김새도 그렇고……."

백현은 남자가 묘사하는 몬스터의 생김새를 들으며 머릿속에서 그 모습을 그려보았다.

곧, 백현의 눈썹이 찌푸려졌다.

'그 새끼.'

듣는 것으로만은 아직 확신하기 이르겠지만, 그리스 어비스에서 튀어나왔다는 몬스터는 백현을 지하에 처박은 장본인 것 같았다.

그 얼굴은 확실히 기억했다. 갑작스러운 공격에 머리끝까지 열이 뻗치기도 했고, 돌아본 순간에 놈이 짓고 있는 의기양양한 웃음이 너무 짜증 나서.

그 외에 사건이라 할 만한 이야기는 없었다.

마룡왕. 압도적인 힘으로 백현을 패배시킨 그 군주는 의외로 사건을 일으키지 않고 한 달 동안 침묵한 모양이었다.

'괴인에 관한 이야기도 없었어.'

마룡왕과 그 새끼. 신명도 알지 못하니 부를 말이 마땅치 않다.

저 둘 말고 깨어난 군주는 없는 걸까? 괴인의 앞에 있던 살덩이는 다섯이었는데. 더 캐물어 볼까 했지만, 쉽사리 말해줄 것 같지도 않았다.

백현은 더 이상 묻지 않고 몸을 돌렸다.

"잠깐, 어디로 가는……."

헌터가 급히 백현에게 말을 걸었지만, 백현은 그 말을 듣지 않고 재빨리 노란 선을 뛰어넘었다.

그는 구불구불한 통로를 순식간에 가로질렀다. 그러곤 가까운 게이트를 찾아서 어비스 밖으로 나왔다.

한 달 만에 집으로 돌아간다. 선계에서 완전히 떠났다는 것이 그제서야 실감이 났다.

"……허."

그러나 한 달 만에 돌아온 거실은 개판이었다. 바닥에는 과자 봉지며 피자 박스 따위들이 널브러져 있었고, 안방에 있어야 할 침대가 거실 앞을 차지하고 있었다. 12월 겨울인데 베란다와 창문은 활짝 열려 있어, 거실까지 찬바람이 쌩쌩 불었다.

식탁 쪽을 보니 그쪽도 개판인 것은 마찬가지였다. 그곳 역시 배달 음식 봉투들이 잔뜩 쌓여 있었다. 그나마 부엌은 깨끗했다. 아니면 단순히 사용하지 않았기 때문일까.

냉장고를 열어봤다. 탄산음료며 이온 음료, 주스 등 음료수. 소주, 맥주…… 양주까지. 가지각색의 음료와 술들. 비엔나소시지는 안주인가?

냉동실을 열어보니 냉동식품이 가득 채워져 있다. 몇몇 봉투가 뜯겨 있는 걸 보니, 직접 해 먹기는 한 모양이었다.

설거지는 했다는 말이다. 부엌은 청소했는데 바닥은 더럽다. 이건 대체 뭐하자는 건가. 백현은 냉동실 한 칸을 가득 채운 아이스크림들을 쳐다보았다.

그는 냉장고 문을 닫고서 천천히 몸을 돌렸다.

한 달 만에 돌아온 집. 자신의 방문을 열어본다. 불길한 예감은 어째 틀리지 않는다.

백현의 방은 하나의 쓰레기통으로 변해 있었다. 커다란 종량제 봉투들과 나름대로 분리수거해 나눠 묶은 봉투들이 바닥에 놓여 있다. 그래도 침대 위에는 쓰레기가 없었다.

백현은 방문을 닫고 다른 방들을 확인해 보았다. 화장실은 깨끗했고, 드레스 룸도 깨끗했다. 사라의 방도 깨끗했다.

한 달 동안 왜 이따위로 산 걸까. 거실 바닥과 식탁만 잔뜩 더럽혔다. 게다가.

백현은 문득 깨닫고 코를 킁킁거렸다. 악취는 없다.

찬바람에 덜컥거리는 치킨 박스를 열어보니, 그 안은 양념 하나 묻어 있지 않았다. 과자 봉지도 마찬가지였다.

배달 음식 박스와 봉투들을 죄다 물로 깨끗하게 씻어두고, 버리지도 않고 바닥에 던져놓았다. 심지어 햄버거 봉투조차! 대체 왜 이딴 쓸데없는 짓을 했단 말인가?

"대체 어디 간……."

많은 공을 들인 개판을 둘러보며 중얼거린 순간. 삑삑. 도어록이 열리는 소리가 났다.

백현은 휙 고개를 돌려 현관 쪽을 보았다.

문을 열고 들어온 것은 역시 사라였다. 그녀는 사준 적도 없는, 북슬북슬한 털모자가 달린 패딩을 입고 아이스크림을 물고서 들어왔다.

사라는 거실 한복판에 서 있는 백현을 보고서 멈칫 굳었고, 백현은 아무런 말도 하지 않고 사라를 노려보았다.

'저걸 확…… 아오.'

백현의 주먹이 파르르 떨렸다. 선계에서 무신마와 설화봉에게 들었던 말들이 백현의 이성을 굳건히 붙잡았다.

"……너 대체 무슨 짓을……."

그래도 한마디 쏘아붙이기라도 해야겠다 싶어서 운을 떼는데. 사라의 눈에서 뚝뚝 눈물이 떨어졌다.

결국, 백현은 쏘아붙이지도 못하고 입을 다물었다.

4장
휘둘렀다

"네가 잘못한 거야."

눈 주변과 코끝을 빨갛게 물들이고서, 사라는 그렇게 중얼거렸다. 한참을 울던 그녀는 먹다 만 아이스크림을 마저 먹으며 소파 위에 웅크리고 앉았다.

백현은 거실 한복판을 차지한 침대 위에 앉아 사라를 쳐다보았다.

"네가 한 달 동안이나 돌아오지도 않고. 어디로 간지도 모르고…… 여휘는 갑자기 나타나서, 네가 선계로 가버렸다는 말을 하고. 난, 나는. 네가 날 두고 등선이라도 한 줄 알았어."

"돌아온다고 했잖아."

"한 달이나 걸렸잖아. 그래서 이렇게 한 거야. 화나서, 응, 그렇다고 너무 개판을 만들어놓으면 냄새도 나고…… 여기서 나가 살 수도 없으니까. 그래서."

사라가 입술을 삐죽거리며 웅얼거렸다. 그녀는 나름대로 백현에게 보여주기 위한 시위를 한 것이다. 참 공들인 시위였다.

백현은 한숨을 푹 내쉬었다.

"미안해."

우선, 그렇게 한 번 숙이고 들어가 주었다.

"선계에 간 것은, 내가 가고 싶어서 간 것도 아니었어. 그냥 어쩌다 보니까…… 음. 진짜야."

"어떻게 간 건데?"

"기절한 너희를 밖으로 옮기고, 그 뒤에 마룡왕과 비슷한 군주에게 공격받았어. 그래서 지하 밑으로 떨어져서 이상한 어둠 속에서 헤맸는데, 그 뒤에 어떤 힘에 이끌려서 선계로 가게 된 거야."

"……그 방법을 쓰면 나도 너처럼 선계로 갈 수 있는 거야?"

사라가 시선을 들고서 백현을 쳐다보았다. 그 질문에 백현은 잠시 입을 다물었다.

"아니, 못 가."

사실 이 대답에 고민은 필요가 없었다. 백현이 선계로 갈 수 있었던 것은 빛의 인도 덕분이다.

빛의 인도를 받지 못하는 사라는 절대로 선계에 갈 수 없다.

"……스승님이 보고 싶어."

그런 대답을 예상했던 것일까. 사라의 표정에 실망은 크게 담겨 있지 않았다.

하지만 그렇다고 해서 사라가 감정적으로 평온한 것은 아니었다. 그녀는 고개를 푹 숙이고서 모은 발가락을 꼼지락거렸다.

그런 사라의 모습을 보고 있자니, 집을 개판으로 만든 것에 대해 도저히 뭐라 쏘아붙일 수가 없었다. 특히 설화봉에게 들은 이야기들 때문에.

백현은 슬며시 일어나더니 사라의 옆에 앉았다.

"……잘 지내고 계시더라."

사라의 곁에 앉았다. 사라의 어깨가 움찔 떨리는 것이 보였다. 백현은 잠시 머뭇거리다가, 손을 뻗어 사라의 어깨를 토닥거려 주었다. 그러자 사라가 퍼뜩 고개를 들더니 놀란 표정을 지었다.

"너 왜 그래?"

"뭐?"

"뭐 잘못 먹었어?"

"얘가 갑자기 뭐라는 거야."

"왜 화를 안 내는 거야?"

사라는 혼란스러운 표정을 지으며 물었다. 집 안을 이렇게 해놓은 것은 그녀로서는 이유 있는 반항이었지만, 백현이 돌아오고 난 뒤의 후폭풍을 걱정하지 않았던 것은 아니었다.

그런데 화를 내기는커녕, 곁에 앉아 어깨를 토닥이며 위로를 해주다니!

'울어서? 설마 울어서 그래?'

혹시나 했지만, 그럴 리가 없다고 생각했다. 여태까지 앞에서 눈물 콧물 질질 짠 적이 한두 번이 아니었기 때문이다.

"화, 났는데. 그냥 참을게."

백현은 꾹 참는 목소리로 대답했다.

"그러니까 울지 말고, 일어나서 같이 치워."

"……응."

사라는 백현의 미묘한 변화에 이상함을 느꼈지만, 위로를 받는 것이 싫지는 않았다.

침대를 옮기고 쓰레기를 정리하면서, 백현은 한 달 동안 사라가 어떻게 지냈는지에 대해 들었다.

"처음 며칠은 네가 죽은 줄 알았어."

폐인처럼 지냈다. 집에 처박혀서 아무것도 안 먹고. 그러다가, 복수해야겠다 싶어서 어비스로 갔다. 사라는 당연히, 백현을 죽인 흉수가 마룡왕이라고 생각했다.

"열심히 찾아봤는데, 도저히 찾을 수가 없었어. 그러다가 문득 깨달았지. 내가 마룡왕을 다시 만나봤자, 절대로 이길 수 없다는 걸 말이야. 그래서, 일단 복수를 할 힘을 길러야겠다 싶어서 집으로 돌아왔어."

여휘에게서 백현의 전갈을 들은 것은 그쯤이었다.

"화났어."

사라는 쓰레기봉투를 양손에 들고서 입술을 삐죽 내밀었다. 엘리베이터가 도착하고 문이 열렸다.

"네가 죽지 않았다는 것에 안심도 했지만, 바로 돌아오지도 않고…… 자세한 이야기도 해주지 않는다는 것에 화가 났어. 그래서 이런 거야."

"다른 사람들은?"

"수아는 한동안 자주 찾아왔었는데, 최근에는 바빠서 안 와."

바쁠 만도 했다. 예비 사도인 정수아는 세계에서 손에 꼽히는 강력한 전력이다. 게다가 그녀는 한국 어비스 출입소장을 부친으로 두고, 관리국장은 부친의 지인이다. 굳이 말하자면 정수아는 친(親)협회파라 할 수 있다.

사실 사도 중에서 친협회파는 정수아뿐이었다. 드레이브는 퓨어세인트의 성향과 추종자들 덕분에 사실상 종교적 지도자에 가깝고, 카르파고는 협회는 물론이고 국가의 말도 듣지 않는 아웃사이더다.

라이 룽? 그녀는 협회보다는 중국 정부 소속이다. 샤나크는 뭔 정신인지 헌터 짓보다는 락스타가 되겠다며 인스타 관종 짓을 하고 있고, 발렌시아 역시 브라이트를 런칭하며 헌터에서 사업 쪽으로 영역을 확장했다.

진 웨이도 아웃사이더. 위치엔드의 예비 사도인 리셀은 그 행적조차 묘연하다.

결국. 그리스에서 도주한 몬스터를 두고, 협회가 제대로 도움을 청할 친협회파 사도는 정수아뿐인 것이다.

“민식이는?”

“몇 주일 전부터 일본에 가 있어.”

“……일본?”

“응, 책임져야 할 일이 있다면서.”

“아.”

호센에 관한 것이겠지. 입안에서 쓴맛이 났다.

지금으로써도 그날 있었던 일은 의문이다. 날뛰던 호센이 갑자기 정령으로 변한 것. 그때, 서민식은 분명히 호센을 정령으로서 '사용'했다. 서민식은 그때 사도로 각성했던 걸까.

깔끔해진 거실로 돌아와 침대를 옮기고 청소기를 돌렸다. 물걸레질을 마지막으로 청소가 끝났다.

백현은 소파에 앉아 핸드폰의 전원을 켰다. 한 달 만에 켠 핸드폰에는 여러 메시지가 쌓여 있었다.

“엥?”

[도와주세요.]

진 웨이에게 영어로 메시지가 와 있었다. 보름 전에 온 메시지였다.

[제발 도와주세요.]

[제가 잘못했습니다. 다 잘못했어요.]

[나 좀 도와줘요.]

[차단한 겁니까?]

[설마 진짜 죽었어요? 안 죽었잖아요.]

[도와달라니까요.]

그런 식의 메시지가 잔뜩 와 있었다. 그리고 메시지는 이틀 전부터 뚝 끊겼다.

연리운, 카르파고와 싸운 뒤로 연락 한 번 하지 않았던 놈이 다짜고짜 도와달라고 메시지를 보낸 것이 의아했다.

[뭐야?]

짧게 답장만 보내두었다. 사정이 궁금하기는 했지만, 전화를 걸 의리는 없었다.

[너 진짜 죽었냐?]

라이 룽에게도.

[아티펙트를 주자마자 죽으면 어쩌자는 거야?]

발렌시아에게도 메시지가 와 있었다.

[살아 있어.]

둘에게도 답장을 보내두고, 서민식에게 전화를 걸었다. 신호는 가는데 전화는 받지 않는다. 조금 기다리다가, 바쁜 것인가 싶어서 전화를 끊었다.

그 뒤에 그리스에서 벌어진 일들에 찾아보았다. 조금 웹 서핑을 해보니 관련된 영상과 사진, 뉴스 기사를 쉽게 찾을 수 있었다.

그리스의 어비스에 설치된 CCTV 영상이다. 구멍에서 치솟은 빛이 하늘에서 멈춘다. 빛 안에서 모습을 드러낸 것은…… 과연, 그 새끼였다.

당황해 웅성거리는 헌터들이 움직인 순간, 하늘에 서서 아래를 내려 보던 놈이 손을 들어 올렸다.

화질이 안 좋아 잘 보이지는 않았다. 게다가 워낙에 빠르다. 하지만 정신을 집중하니 보였다.

놈이 손을 들어 올리자 그 앞의 공간이 살짝 갈라지더니, 금속 재질의 알 수 없는 뭔가가 튀어나왔다.

'뭐야 저게?'

순식간에 빛이 뿜어진다. 산탄…… 아니, 유도탄? 한 번의 공격은 모여 있던 수백 명의 헌터를 포착했고, 그것이 학살의 시작이자 끝이었다.

놈은 자신이 벌인 일을 만족스러운 듯이 바라보다가, 하늘을 날아 사라져 버렸다.

방금 저게 뭐였을까. 튀어나온 것은 포신(砲身), 발사된 것은……. 백현은 눈썹을 찡그렸다.

사실 가장 이해할 수 없는 것은, 저 녀석이 대체 '어떻게' 어비스에서 바깥으로 나올 수 있었느냐다.

13 군주는 절대로 자신의 성역에서 나올 수 없다. 그들이 사도를 두고 헌터를 거느린 이유는, 본인들이 성역을 나올 수 없는 몸이기 때문이다. 그런데 저 이름도 모를 새끼는, 어비스를 나와 현실로 튀어나와 버렸다.

다행인 것은 저 녀석이 누구인지, 알려줄 만한 사람이 백현의 주변에는 꽤 많다는 것이다.

그리고 마침 그런 사람에게 전화가 왔다.

"여보세요?"

[오빠!]

한 달 만의 생환을 반기는 정수아는, 다짜고짜 비명을 내질렀다.

[오빠, 오빠 맞죠? 방금, 협회 쪽에서 들었어요. 오빠가 돌아왔다고!]

"……나 살아 있다고 들은 것 아니었어?"

[듣기는 했는데, 언제 돌아오는지는 몰랐으니까……! 오빠, 괜찮은 거 맞아요? 어디 다치거나 그런 건 아니죠?]

"응, 나 괜찮아. 어디 다치지도 않았고 멀쩡해. 마침 잘 됐다, 너 어디야?"

[저 지금, 협회에서 일 끝내고 오빠 집으로 가고 있어요. 운전 중이니까 한 30분이면 도착할 거예요.]

찾아갈 필요는 없을 것 같았다. 백현은 연신 안부를 물어대는 정수아의 말에 대답해 주면서 소파에서 일어섰다.

옆에 앉은 사라는 또 뭐가 그리 불만인지, 영 마뜩잖다는 시선을 보내왔다.

"수아 온대."

"나도 귀 있어. 다 들린단 말이야."

"또 뭐가 그렇게 불만이야?"

"불만 없는데?"

"없기는, 기분 나쁜 거 다 티 나."

"전혀 아니거든. 나 기분 하나도 안 나빠."

"그런데, 내가 이 말은 안 하려고 했는데. 너 나 없는 사이에 대체 하루에 몇 끼나 먹은 거야? 술은 또 얼마나 마셔댄 거고?"

백현은 아까 버린 쓰레기들을 떠올리며 혀를 쯧쯧 찼다. 한 달이라는 시간을 감안하더라도 쓰레기가 과하게 많았다.

그렇게 먹어댄 주제에 사라는 살이 전혀 찐 것 같지 않았다.

"그리고 그 옷은 또 어디서 났어?"

"……수아가 사줬어. 입을 옷 하나 없는 게 궁상맞아 보인다고."

설화봉의 말이 머리를 스쳤다. 선물 아니냐며 캐묻던 사라의 말과 서민식의 조언도.

백현은 낮게 헛기침을 하며 말했다.

"오늘은 모르겠고, 내일이나 모레쯤. 같이 옷이나 사러 가자."

"……응?"

"너 귀 있다며? 왜 듣고도 못 들은 척해. 옷 사러 가자니까? 거기 어디냐, 백화점 가서. 겨울이고 하니 패딩이랑 코트랑 그…… 어쨌든, 너 갖고 싶은 옷들 다 사줄게."

그 말에 사라의 입이 천천히 벌어졌다. 그녀는 도저히 믿을 수 없다는 눈으로 백현을 쳐다보았다.

"너, 너…… 누구야?"

"뭐?"

"너, 백현 아니지? 아니…… 지금 나 꿈꾸고 있는 건가?"

사라는 홀린 것 같은 목소리로 중얼거리며 자신의 뺨을 꼬집었다.

사람이 기껏 해주겠다는데 저런 반응이다. 백현은 고깝다는 눈으로 사라를 보며 말했다.

"왜. 싫어? 선물해 주겠다는데 반응이 왜 그 모양이야?"

"서, 선물? 선물이라고?"

"그럼 이게 선물 아니면 뭐겠냐?"

사라의 몸이 바르르 떨렸다. 그녀는 벌떡 일어나서 백현을 쳐다보았다.

"그리고."

이걸 물어봐야 하나 말아야 하나. 내심 고민되었지만, 사실 백현은 아직도 이 일에 대해 뚜렷한 확신을 가질 수가 없었다.

결국, 그가 들은 말이라고 해봐야 서민식과 스승, 그리고 설화봉에게 들은 것이 전부였기 때문이다. 정작 백현 본인은 단 한 번도 '아, 그렇구나'라는 식으로 느끼고서 납득해 본 적이 없었다.

"이걸…… 물어보기가 좀 그렇기는 한데."

"또…… 또 무슨 말을 하려고 그래?"

"그게, 음, 어."

아무래도 직접 묻자니 조금 낯이 간지러웠다. 그래도, 기왕 확인하려면 빨리하는 것이 낫지 않은가. 만약에라도 저들이 괜한 헛다리를 짚어 쓸데없는 오지랖을 부린 것이라면? 솔직히 백현은 그쪽이 더 그럴듯하다고 생각하고 있었다.

"너 나 좋아하냐?"

백현은 진지한 표정을 지으며 그렇게 물었다.

펑.

사라의 얼굴이 터질 듯 붉게 물들었다. 잠시 그녀는 그 붉은 얼굴을 하고서 아무런 말도 하지 않았다. 그러다가.

"꺄아아악!"

부끄러움을 이겨내지 못하고, 커다란 비명과 함께 백현을 향해 주먹을 휘둘렀다.

다짜고짜 휘두른 주먹은 어딘가를 정확히 노리고 때린 것은 아니었다. 그냥, 스스로 부끄러움을 이기지 못하고 휘두른 주먹질에 지나지 않았다.

그렇다고 해서 위력이 부족한 것은 아니었다. 보통 사람은 물론이고, 레벨이 높은 헌터라고 해도 맞으면 그 일격으로 죽는다. 백현은 냉큼 손을 뻗어 사라의 주먹을 붙잡았다.

"악! 악!"

사라는 새빨갛게 달아오른 얼굴로 꽥꽥거리며 비명을 질렀다. 그 외침에도 공력이 실려 있어서, 진즉에 내공으로 막을 쳐두지 않았다면 창문이 박살 나는 것으로 끝나지 않고 건물이 주저앉았을 것이다.

그쯤 되니, 사라가 얼마나 위험한 존재인지 실감이 났다. 이게 사자후를 쩌렁쩌렁 내지르며 살인 펀치를 휘두를 만한 일인가?

"진정, 진정 좀 해."

"너, 너…… 너!"

어깨를 파르르 떨던 사라가 말을 더듬었다. 좀처럼 눈치를 채지 못하는 백현이 답답해 노골적으로 티를 내긴 하였는데, 그렇다고 이렇게 대놓고 물어보는 것을 기대한 것은 당연히 아니었다.

'……이거 고백인가?'

순간 든 생각에 가뜩이나 쿵쾅거리는 가슴이 더 크게 뛴다. 사라는 꼴깍꼴깍 침을 삼키며 백현을 쳐다보았다.

동시에 발끈 화도 났다. 여태까지, 특히 한 달 동안 보았던 드라마들의 고백 장면들이 사라의 머릿속을 스치고 지나갔다. 그녀가 기대한 것은 그런 간질간질하면서 설레는 고백이었지, 이런 식의 뜬금없는 고백은 결코 아니었다.

'……아니, 잠깐.'

놀랍게도 사라는 멋대로 생각을 전진시키지 않고, 한 번 뒤로 쭉 물러섰다. 그녀가 아는 백현이라는 인간은 고백할 만한 인간이 결코 아니었기 때문이다. 게다가 아무리 사라가 눈에 콩깍지가 씌었어도, 백현이 자신에게 연애 감정이 쥐뿔도 없다는 것은 서러울 정도로 잘 알고 있었다.

"……내…… 내가 널 왜 좋아해? 너 미쳤어?"

어디서 본 건 있어서, 사라는 한 번 튕겼다.

이전의 백현이라면 사라에게 이런 질문을 할 이유도 없고, 당연히 이런 상황에 처할 일도 없을 것이다. 만약에라도 정신이 반쯤 나가서 저런 질문을 했다가, 사라에게 저런 대답을 들었다면.

'아, 내가 착각했구나.'

하고 민망함을 느끼며 납득했을 것이다. 하지만, 무신마와 설화봉에게 들은 이야기 덕분에 조금 다른 관점에서 볼 수 있게 되었다.

'허.'

빨개진 얼굴. 헛소리를 듣고 화가 나서인지, 쿵쾅거리며 뛰는 심장 소리가 귀에 들린다. 생각해 보면 여태까지 이런 적이 꽤 많았다. 그때는 대수롭지 않게 넘겼었는데, 지금 와서 생각해 보면…….

"그냥, 어쩌다 보니."

무신마와 설화봉에게 들었다고 말할 수는 없었다. 둘러대는 말이었지만 사라는 오히려 등골이 오싹해졌다.

"어…… 언제부터?"

설마, 진즉에 눈치채고서 여태까지 모른 척했던 건가?

"예전부터 알고서 모른 척했던 거냐……?"

욱하고 치민 감정은 모른 척 튕긴다는 마음을 깨끗하게 지워 버렸다. 따지듯 묻는 말에 백현은 난감한 표정을 지으며 고개를 가로저었다.

"아니, 그런 건 아니고. 안 지 얼마 안 됐어."

"뭣……?"

"그게, 좀 그렇잖아. 난 네가 그런 마음일 줄 여태까지 한 번도 생각해 본 적이 없었다고."

"그렇게 티를 냈는데 몰랐다고……? 너 사람이냐? 어떻게 그럴 수가 있어?"

"야, 생각을 해봐. 도원경에서 싸울 때마다 그렇게 날 패댔는데, 어떻게 네가 날 좋아할 거라고 생각하겠어?"

"그래도 티는 냈잖아!"

"어…… 그래, 티는 냈지."

"이…… 이이이…… 익……."

떨떠름한 대답에 사라의 어깨가 부들거리며 떨렸다. 속 시원하게 빰싸대기라도 갈기고 싶다는 충동이 강하게 들었다. 하지만, 사라는 감정을 추슬렀다.

"그래, 나 너 좋아한다, 이 개새끼야."

물론, 때리고 싶다는 감정을 추슬렀을 뿐이다. 사라는 두 눈에 쌍심지를 켜며 그렇게 쏘아붙였다.

그녀는 아직까지 백현에게 잡혀 있는 손을 거칠게 빼내며 말을 이었다.

"그리고 네가 나 안 좋아한다는 것도 알아! 너, 너, 이 개새끼. 자기보다 센 사람 좋아한다며? 어? 난 너보다 약하잖아!"

내가 그런 말도 했었나. 곰곰이 생각을 해보니, 지하 폐허로 가기 전에 사라에게 그런 말을 했던 것이 기억났다.

"그럼, 어? 마…… 마룡왕. 그 괴물이 네 이상형이겠네! 이 개자식아, 당장 마룡왕한테 가버려! 가서 처맞고, 어? 사귀어 달라고 하란 말이야!"

"그건 좀 아니지."

"아니긴 뭐가 아니야!"

"야, 내가 그렇게 말했다고 무조건 나보다 센 사람만 좋아하겠냐? 애당초 마룡왕은 사람도 아니잖아."

"닥쳐!"

사라는 빽 외치며 백현의 말을 가로막았다. 씨근거리며 숨을 고르던 그녀는 소파에 털썩 앉고서 백현을 노려보았다.

"나 너 포기 안 해."

위로 치켜뜬 두 눈이 살벌하게 빛났다.

"절대 안 해. 너한테 여태까지 처맞은 거랑 너 따라서 여기까지 온 게 억울해서 안……."

"누가 포기하래?"

듣자 하니 어이가 없어서, 백현은 그렇게 되물었다. 그 말에 사라는 말을 하다 말고 입술을 벌렸다.

"……뭐?"

"아니, 포기하고 싶으면 포기하는 건데, 내가 언제 너보고 그렇게 하라고 했어?"

"지…… 지금 뭐라는 거야? 이거 고백……."

"아니, 그건 아니고."

그 칼같은 부정에 사라의 눈썹이 꿈틀거렸다.

"네가 날 어떻게 생각하는지는 알겠는데, 그렇다고 내가 너랑 다짜고짜 사귈 수는 없는……."

"이 개자식아, 내가 너한테 사귀자고 매달리기라도 했어?"

대화가 안 끝난다. 백현은 가슴이 꽉 막히는 것 같은 기분을 느끼며 양손으로 얼굴을 덮었다.

설화봉과 무신마에게 여러 이야기를 듣기는 했지만, 백현은 사라에게 연애 감정 같은 것은 조금도 느끼고 있지 않았다. 애당초 계기랄 것이 없는데 뭔 놈의 연애 감정인가?

그리고 그건 사라도 잘 알고 있었다. 도원경에서 함께한 시간만 해도 20년이다. 저 미치광이가 자신과 같은, 같지는 않더라도 엇비슷한 감정이라도 가지고 있었더라면 그따위로 사람을 두들겨 패지 않았겠지.

사라는 그 사실을 충분히 이해하고 있었기 때문에, 백현의 반응에 상처 따위는 입지 않았다.

"널 꼬시겠어."

사라는 여전히 살기 어린 눈으로 백현을 노려보며 내뱉었다.

그 당찬 말에 백현은 순간 말문이 막혀 버렸다. 잠시 사라를 쳐다보던 백현은, 자신도 모르게 고개를 끄덕거렸다.

"……어, 어어."

정수아가 온 것은 파란이 지난 얼마 후였다. 들뜬 얼굴로 거실에 들어온 그녀는, 백현과 사라 사이에 흐르는 미묘한 공기를 눈치채지는 못했다. 그런 사사로운 것보다는 백현의 생환이 더 기뻤기 때문이다.

"오빠!"

정수아는 백현을 보자마자 환호성과 비명 사이의 커다란

소리를 질렀다. 후다닥 달려온 그녀는 자신도 모르게 백현을 끌어안았다. 그걸 본 사라의 두 눈이 살기로 번뜩였다.

"정말 괜찮은 거 맞죠? 그렇죠?"

"괜찮다니까? 다친 곳도 없고, 오히려 한 달 전보다 건강해."

정수아는 뒤늦게 자신의 추태를 깨달았다. 그녀는 놀란 소리를 내며 백현을 안고 있던 팔을 풀었다.

몇 걸음 뒤로 물러선 정수아는 발갛게 물든 뺨을 긁적거리며 헤헤 웃었다.

"죄송해요. 저도 모르게 그만…… 오랜만에 보니까 반갑기도 하고, 걱정도 많이 해서……."

"여우 같은 계집애."

사라가 들릴 듯 말 듯 작은 소리로 중얼거렸다. 정수아는 사라를 흘겨보았지만, 별말을 하지 않고서 백현의 양손을 꼭 잡았다.

"한 달 전에, 오빠가 갑자기 실종되고서 얼마나 놀랐는지 알아요?

당연히 그럴 것이다. 한 달은 그리 긴 시간은 아닐 테지만, 그런 식으로 이별해 버렸으니 응당 나누어야 할 이야기가 오갔다. 그간 어떻게 지냈냐. 몸은 정말 괜찮냐. 대체 무슨 일이 있었던 것이냐.

정수아에게 선계에 대해서 솔직하게 말할 수는 없었지만,

걱정해 주는 것은 고마웠다.

"요즘 바쁘다며?"

"말도 마요."

정수아는 사라의 옆에 앉고서 입술을 삐죽 내밀었다. 그녀는 어깨 언저리의 단발머리를 보란 듯이 양손으로 들어 올렸다.

"머릿결 상한 것 보이세요? 잠도 제대로 못 자서 피부도 푸석푸석하고."

사실 봐도 잘 모르겠다.

"오빠도 대충 들었다면서요? 그리스 어비스에서 있었던 일. 그것 때문에 지금 난리도 아니에요. 협회가 무능하다고 욕을 먹어도 할 말 없는 일이기는 하지만, 그렇게 도망친 몬스터가 대체 어디 갔는지 모르니까."

"몬스터?"

"네, 몬스터."

정수아가 눈을 깜박거리며 대답했다. 아무래도 그녀는 재생의 뱀에게서 그 몬스터에 대해 별다른 말을 듣지 못한 모양이었다.

"마룡왕은?"

"그…… 존재에 대해서는, 일단 협회 상부에 전하기는 했는데…… 공표할 만한 일이 아니잖아요. 가뜩이나 그리스에서 그런 일이 생겼는데."

정수아가 손가락을 꼼지락거리면서 중얼거렸다. 어쩔 수 없는 일이었다.

그 날. 예비 사도인 정수아는 마룡왕에게 순식간에 제압당해 기절했고, 퓨어세인트의 정식 사도인 드레이브도 별다른 힘을 쓰지 못하고 제압당했다.

백현도 다를 것 없었다. 당시에 마룡왕이 살계를 열지 않겠다는 약속을 지켰기에 망정이지, 만약 그녀가 자비 따위를 베풀지 않았더라면.

'전멸.'

한 명도 예외 없이 전멸했을 것이다.

마룡왕은 규격 외의 존재였다. 현존하는 모든 사도가 덤빈다고 해서 마룡왕을 쓰러뜨릴 수 있으리란 보장은 없었다. 선계에서 수행을 마친 백현이라 할지라도, 작정하고 덤비는 마룡왕의 십초를 감당할 자신은 솔직히 많지 않았다.

"네 군주는 아무런 조언도 하지 않은 거야?"

"엮이지 말라는 말만 하시던데요."

정수아는 쓰게 웃으며 대답했다. 그리스에서 벌어진 일로 협회의 부름을 받는 동안, 정수아는 몇 번이나 재생의 뱀에게서 메시지를 받았다.

[재생의 뱀이 엮이지 말라 조언합니다.]

[재생의 뱀이 신경 쓰지 말라 조언합니다.]

그런 식의 메시지들이었다.

백현은 뒤통수를 벅벅 긁었다. 저 정체 모를 타락 군주들에 대한 정보가 부족해, 정수아에게 이야기를 듣고 싶었는데. 재생의 뱀은 자신의 예비 사도가 이 일에 엮이는 것을 아예 바라지 않는 모양이었다.

"지금 네 군주는 별말 안 하고 있어?"

"……그건 아닌데……."

"뭐라고 하는데?"

[재생의 뱀이 귀를 기울입니다.]

[재생의 뱀이 대담(對談)을 청하는 것이냐 묻습니다.]

내키지 않는 일이다. 정수아는 잠시 주저하다가 머릿속에 들린 말을 옮겨주었다.

"너도 듣게 해준다면."

"네?"

[재생의 뱀이 코웃음을 칩니다.]

"저도 듣게 해준다……? 그게 무슨 말이에요?"

"최근의 일들에 대해서 재생의 뱀 님에게 뭐 좀 물어보고 싶은데. 정작 널 쏙 빼두고 말하기에는 좀 그렇잖아."

"……아."

정수아는 뭐라 대답하기 위해 입을 벌렸으나, 그녀의 목소리는 도중에 뚝 멈췄다.

싸아아악.

거실의 공기가 돌변했다. 예전에 재생의 뱀이 강림했을 때와 똑같았다.

정수아의 곁에 앉아 있던 사라의 얼굴이 하얗게 질렸다. 정수아의 분위기가 바뀌었을 때, 사라는 이미 앉았던 자리를 벗어나 거실의 끄트머리에 서 있었다. 그녀는 피부가 오싹거리는 것을 느끼며 정수아를 쳐다보았다.

"하아아……."

정수아는 입술을 벌려 길게 숨을 내쉬었다. 강림한 신격의 존재감은 지난번과 마찬가지로 잠잠하고 고요했다.

정수아는 눈썹을 살짝 찡그리면서 숙였던 고개를 들었다. 그녀의 두 눈은 어느새 칙칙한 녹색으로 물들어 있었다.

"죽다 살아나서 그런지 꽤나 대담해졌구나."

재생의 뱀이 소파에 등을 기대며 말했다.

"아니면 내가 너를 귀엽게 여김을 믿는 게냐?"

"숨길 만한 이야기도 아니라 생각한 것뿐인걸요."

백현이 어깨를 으쓱거리며 말하자, 재생의 뱀이 눈썹을 찡그렸다.

"그걸 판단하는 것은 네가 아니란다. 이 약해 빠진 아이는 나의 권속이야. 부족해도 한참은 부족한 권속이지. 분수에도 안 맞는 감투를 씌우기는 했는데, 제 주제도 모르고 할 수 없는 일들을 하려 들고 있지 않으냐."

재생의 뱀은 그렇게 중얼거리면서 정수아의 허벅지를 찰싹 때렸다.

"세상에는 차라리 모르는 것이 나은 것들도 있다."

"그래서 알려주지 않은 건가요?"

"말해 무엇하겠느냐? 천존(天尊)과 마룡왕에 대해 말해봤자 이 아이가 그들의 힘을 가늠이나 할 수 있겠느냐? 엮이지 말라 몇 번이나 말했거늘……. 분수에 안 맞는 감투를 씌운 탓에, 주변 인간들에게 쓸데없는 기대를 받으며 시달리고 있어. 확 감투를 벗길 수도 없고."

재생의 뱀은 그렇게 말하며 혀를 찼다.

천존. 백현은 재생의 뱀이 중얼거린 이름을 기억했다.

그 개자식의 신명이 천존인 모양이다.

"사실 이해가 안 되는 것은 너도 마찬가지지."

재생의 뱀이 중얼거렸다. 그녀는 고개를 까닥 기울이며 백현을 쳐다보았다.

"난 한 달 전의 폐허에서 벌어진 일을 실시간으로 볼 수 없었단다. 그 날, 그 공간에 펼쳐진 결계는 권속과의 영적 연결을 차단할 만큼 강력한 것이었어. 하지만 그곳에서 무슨 일이 벌어졌는지는 잘 알고 있지."

"좋은 일이 있었던 것은 아니죠."

"죽지 않고 목숨을 부지하였는데 그보다 좋은 일이 어디 있겠느냐? 마룡왕. 그 군주는 포악하지만 의외로 고지식한 면이 있었지. 그녀가 살계를 열지 않겠노라 말했기에 망정이지, 그런 말을 하지 않았더라면 거기 있던 모두가 죽었을 게야."

너 역시. 재생의 뱀이 손을 들어 백현을 가리켰다.

"네 힘이 이미 인간 따위를 아득히 뛰어넘었음을 안다. 무령을 죽인 것 역시 너였겠지?"

"어떻게 아셨어요? 죽였다고 떠들고 다니지도 않았는데."

"오, 너는 군주가 외차원에 본신을 두고 있다 해서 정말 눈과 귀가 멀었다고 생각하나 보구나. 내 장담하건대, 13 군주 중에서 무령이 죽고 새로운 누군가가 그 자리를 대신하였음을 알지 못하는 군주는 아무도 없을 게다."

재생의 뱀이 큭큭 웃으며 다리를 꼬았다.

"누가 무령을 죽였는지까지는 알 수 없겠지만 말이다. 어찌 되었든, 무령을 죽였다 해서 오만함에 취하지는 말거라. 너도 직접 겪어보았으니, 같은 신격이라 해서 대등한 것이 아님을 잘 알 테지?"

알 수밖에. 백현은 쓰게 웃으며 고개를 끄덕거렸다.

물론 당시 싸워 죽였던 무령이 정상적인 상태가 아님은 감안해야겠지만, 만약 무령이 최적의 상태였다 해도. 마룡왕은 무령과 비교하는 것이 실례일 정도로 막강한 신격이었다.

"그건 저도 잘 압니다."

"안다고? 그렇다면 더더욱 이해가 안 되는구나. 내가 아까도 말했을 텐데. 때로는 아는 것보다 모르는 것이 나을 때가 있다고."

"알아야 대비라도 하지 않겠어요?"

"대비라…… 너는 어떤 대비를 하고 싶은 것이냐? 천존을 죽이고, 마룡왕을 죽이기 위한 대비?"

재생의 뱀이 입꼬리를 올리며 물었다.

"이해할 수 없다고 말했었지. 난 너를 굉장히 높게 평가하고 있단다. 널 귀엽게 여겨서 뿐만이 아니라, 제법 객관적으로 판단하고 있어. 네 성장력은 태어날 때부터 초월자에 근접한 초월종(超越種)과 비교해도 손색이 없다. 아니, 어쩌면 그 이상이야."

그건 말도 안 되는 극찬이었다. 초월종이라면 용족과 마족, 천족 등을 일컫는 말이다. 그들의 성장력은 인간이 감히 비교될 바가 아니다.

"또한, 너는 머지않아 탈각까지 할 것이야. 그런데 왜 무리한 도전을 하려 드는 게냐?"

"산을 오르려면 우선 산에 대해 알아야 하지 않겠어요?"

백현은 대수롭지 않다는 투로 대답했다. 그 말에 재생의 뱀이 큭큭 웃었다.

"그건 너만 할 수 있는 일이지. 나는 기껏 삼은 권속을 이런 일로 소모하고 싶지는 않구나."

"소중히 대해주시는 것 같아 다행이네요."

"고슴도치도 제 새끼는 귀엽게 보는 법이지. 분수에 안 맞는 감투를 씌워주었는데 말이야. 제 몫은 하도록 챙겨야 하지 않겠느냐? 써보지도 못할 권속에 무슨 의미가 있겠느냐?"

"쓴다는 건 또 무슨 말이에요?"

"글쎄다. 쓰고자 한다면 어떤 식으로든 쓸 수야 있겠지. 지금이야 제 앞가림도 못 하고 있으니 귀찮게 돌봐야 하지만."

재생의 뱀은 그렇게 말하다가 사라를 힐긋 보았다. 그녀는 여전히 경계 어린 눈으로 재생의 뱀을 노려보고 있었다.

사라는 저 몸뚱이를 차지한 존재가 정수아가 아님은 알았지만, 도저히 백현처럼 아무렇지 않은 태도를 고수할 수가 없었다.

"후후. 내가 너를 잡아먹기라도 할 것 같으냐?"

재생의 뱀이 혀를 날름거리며 이죽거렸다.

"물론 그것도 꽤 흥미가 동하기는 하다만. 유희 삼아 괜찮을까? 하지만 내 권속의 입은 널 통째로 삼키기엔 너무 작구나."

"이상한 말 하지 마세요."

"신격의 농담은 인간이 이해하기에는 너무 과격한가?"

재생의 뱀은 날름거리던 혀를 쏙 집어넣으며 어깨를 으쓱거렸다.

사실 아주 농담은 아니었다. 노려보는 것이 건방지기는 했으니까. 하지만 남자 하나를 두고 권속과 치정 싸움을 하는 것이 꽤 즐거운 볼거리이기도 했고, 실제로 '삼키기에는' 입이 너무 작았다.

"대담을 청한 것은, 타락한 군주들이 궁금한 탓이겠지?"

재생의 뱀은 백현을 지그시 쳐다보며 물었다.

"네, 전 10년 전의 어비스에서 어떤 군주들이 타락했는지 아는 것이 없으니까요."

"후후. 군주 외에 누가 그에 대해 알고 있겠느냐?"

재생의 뱀이 킬킬 웃으며 말했다.

"알려주는 것이야 상관은 없지만, 약속은 해줘야겠다."

"어떤 약속이요?"

"내 권속을 휘말리게 하지 말거라."

재생의 뱀이 손을 들어 정수아의 가슴을 어루만졌다.

"사도의 자격을 갖추게 된다면, 최악의 사태에 내가 직접 강림할 수 있다. 하지만 내 권속은 아직 그럴 자격도 갖추지 못하였어. 그렇다 보니 최악의 사태가 되었을 때, 나는 아무것도 하지 못하고 관망할 수밖에 없다. 그리되면 기껏 삼은 권속이 허무하게 죽게 되어버려."

재생의 뱀은 그렇게 말하며 눈썹을 찡그렸다.

"그건 아까운 일이지."

아깝다고 말했다.

백현은 재생의 뱀이 자신의 권속을 어찌 생각하는지 어렴풋이 느낄 수 있었다. 고슴도치도 제 새끼는 귀엽다 여긴다고 말하기는 했지만, 쓰임새와 아까움에 대해 말한 그녀가 권속을 대하는 감정은 무조건적인 어미로서의 애정은 아니었다.

"키마이라는 저 계집아이에게 죽었다고 했고."

얼마나 영락했으면. 재생의 뱀이 혀를 차며 중얼거렸다.

"타락해 자아는 소멸되고 몸뚱이만 남았던 모양이지? 사실 그 몸뚱이만 하더라도 헌터가 감당하기 버거울 터인데, 저 계집아이의 힘이라면 신격도 자아도 없는 껍데기쯤이야 잡을 법도 하지."

"훙."

그 말에 사라는 콧방귀를 뀌었다.

그러긴 했지만 사라는 아직 경계를 풀지 않고, 어느새 백현의 곁에 찰싹 붙어 있었다. 본능적으로 재생의 뱀이 위험하다고 느낀 것이다.

"가장 경계해야 할 것은 마룡왕이란다."

그런 사라를 귀엽단 듯이 쳐다보던 재생의 뱀이 빙긋 웃으며 말했다.

“10년 전의 혼돈계에서 가장 광폭했던 것은 템페스트였단다. 그 군주는 정말, 앞뒤 가리지 않고 혼돈계를 배회하며 맞닥뜨린 모든 군주와 싸움을 벌이려 했지.”

그 이야기는 저번에도 들었다.

“마룡왕은 그 정도는 아니었어. 그렇다 해서 마룡왕이 광폭하지 않았던 것은 아니다. 후후. 내 장담하건대, 10년 전의 혼돈계에서 가장 많이 군주들을 ‘죽일 뻔’했던 것이 바로 마룡왕이었다.”

“강해서?”

“그렇기도 하지만. 마룡왕이 까다로운 것은 그녀가 신중하면서도 싸움을 즐겼기 때문이지.”

재생의 뱀은 그렇게 말하면서 10년 전을 회상했다.

“혼돈계에 온 군주들은 각자의 사정에 따라 혼돈의 근원을 취하고자, 다들 승리를 추구했다. 그중에서 마룡왕은 과감하면서도 신중했지. 나서야 할 때와 물러서야 할 때를 정확하게 알았고, 한 번 나서면 반드시 상대를 물러서게 하였단다.”

회상을 끝낸 재생의 뱀이 피식 웃었다.

“하나 신격이란 쉬이 죽지 않아. 혈사자는 마룡왕에게 가슴이 으깨졌고 무령은 양팔이 뽑혔었다. 키마이라는 머리가 터졌었지. 다리가 박살 난 하이로드가 비명을 지르며 도망치던 모습이 아직도 생각나는구나.”

백현은 전신에 시뻘건 투기와 갑옷을 입고 다가오던 마룡왕을 떠올렸다. 10년 전 어비스의 마룡왕은, 신격들에게도 깡패였던 모양이다.

"특이한 점은, 마룡왕과 용성군의 관계란다. 용성군과 마룡왕은 배다른 남매이지. 마룡왕이 용성군을 두고 '오라버니'라 부르더구나. 그리 의좋은 오누이는 아니었지만 말이야."

"남매라고요?"

"어미는 다르지만 말이다. 너는 용족(龍族)에 대해 아느냐?"

"아뇨."

"놈들은 수가 극히 드물지만, 날 때부터 우월한 초월종이란다."

"드래곤이랑 다른 건가요?"

백현이 고개를 갸웃거리며 묻자, 재생의 뱀이 깔깔 웃었다.

"인간에 여러 인종이 있는 것처럼, 드래곤 역시 용족에 포함된 하나의 종인 게지. 용족 중 마룡왕은 그 이름처럼 마룡(魔龍)이다. 마룡은 술법이나 마법을 쓸 수 없지만, 그 대신에 강력한 저항력과 용마력을 사용하지. 마룡왕은 마룡 중 최강이라 불리었고, 초월자에서 탈각한 신격이란다. 그녀의 저항력은 신격급 마법에조차 저항하고 용마력은 신격의 몸뚱이를 찢는다."

백현은 마룡왕과의 싸움을 떠올렸다. 그의 공격은 마룡왕의 비늘을 침범하지 못했고, 공격과 공격이 닿았을 때는 백현의 몸이 으스러졌었다.

"천존은 졸렬한 소인배 놈이지. 놈 자체는 그리 대단하다 할 정도가 아니다. 몸뚱이에 들인 공만 따지면 무령만도 못해. 하나 놈의 천공성(天空城)은 인정해야겠지."

"천공성?"

백현이 고개를 갸웃거렸다.

"천존이 하늘에 올라 천공성을 꺼낸다면 굉장히 귀찮아진단 말이다. 그건 말 그대로 거대한 성이란다. 수십 개의 대포를 가진 성. 평소에는 천존의 영적 공간에 숨겨져 있지만, 놈이 바란다면 포신만 튀어나와 포격을 쏴대지. 단순한 포격이라지만 무시할 위력은 아니란다."

하나 까다로운 것은 그 포격만이 아니다.

"천공성은 그 자체가 천존의 성역(聖域)이다. 그것이야말로 대단한 일이지. 군주 중 그런 편리한 성역을 가진 것은 오직 천존뿐이었다. 안 되겠다 싶으면 냅다 천공성 안으로 도망치면 될 일이니까."

뒤에서 몰래 공격한 것도 그렇고. 재생의 뱀의 말대로 졸렬하기 짝이 없는 놈이 분명했다.

"마룡왕과 천존…… 둘을 제하면 셋이 남는구나. 그 셋 중 몇이나 깨어나고 자아를 유지했는지 모르겠군."

"남은 셋의 신명은 뭡니까?"

"검무희와 유계의 방랑자, 헌드레드. 흠, 다들 쉽지 않구나.

신격을 얻은 자 중 쉬운 이들이 있기야 하겠냐만."

재생의 뱀은 그렇게 중얼거리며 손으로 턱을 괴었다.

"검무희는 특이한 군주였다. 검무희 본인도 그랬지만, 권속들이 굉장히 특이했어."

"어떤 면에서 특이했다는 겁니까?"

"그녀는 육체가 없는 유령들을 권속으로 두었다. 놀라운 것은 그 유령들 모두가 가히 절세의 경지에 이르렀다 말할 수 있는 검의 달인들이었다는 게야. 무령의 권속 중에도 검깨나 쓰는 놈은 많았지만, 검(劍)이라는 무기에 있어서는 검무희와 그녀의 권속들이 무령과 권속들을 압도했다."

검.

"검무희는 신격 특유의 기질이 적었다. 신력도 대단치 않았어. 하나 그것뿐이었다면 검무희가 혼돈계에서 어찌 살아남을 수 있었겠느냐? 검무희의 검기(劍技)는 대단찮은 신격을 충당하고도 남았다."

우자가 떠올랐다.

"유계의 방랑자는 원령(怨靈)을 지배하는 놈이었다. 수집한 원혼들을 권속으로 삼고, 제 몸에 강령시켜 힘을 불리는 놈이었지. 하나 장소가 좋지 않았어. 시간이 흐르며 신격과의 싸움을 거칠수록 놈의 원령은 줄어들었고, 혼돈계에 원령을 수급할 수단 따위는 존재하지 않았다. 다른 군주의 권속이 죽는다면 그 영혼은 군주에게 돌아가 버리니 말이지."

그렇다 보니 나중에는 싸움을 피하고 성역에서 나오지 않았다.

"그런 면에서는 헌드레드가 유계의 방랑자보다 나았다. 놈은 여태까지 자신이 죽이고 먹은 것들을 제 몸에 더하는 식으로 힘을 키워온 괴물이었다. 뭐, 결국에는 저들 모두가 사이좋게 혼돈에 침범되어 타락해 버렸지만 말이다."

재생의 뱀은 그렇게 말하고서 킥킥 웃었다.

"왜 저들이 단란히 모여 있었는지는 모를 일이지만 말이야."

만난 적도 없는 군주들보다 당장 신경 써야 할 것은 천존과 마룡왕이다. 그중 천존.

백현이 도저히 이해할 수 없는 것은, 군주인 천존이 어비스에서 현실로 나왔다는 사실이었다.

"본래는 불가능한 일이지."

재생의 뱀이 코를 찡그렸다.

"나도 그 이유는 명확하게 알 수가 없지만, 굳이 추측하자면…… 타락 때문이겠지."

"그거랑 현실로 나올 수 있는 것이 무슨 상관입니까?"

"신격은 그 존재가 너무 거대하기에, 존재하는 것만으로 세상의 균형을 망가뜨린다. 혼돈이 폭주했던 것도 결국 그 거대한 존재 수십이 싸움을 벌인 여파 때문이었고."

재생의 뱀은 턱을 어루만지며 생각에 잠겼다.

"하나 신격이 신격이 아니게 된다면? 통로를 찾고 시기만 맞춘다면, 구멍을 통해 배출되는 혼돈 대신에 나오는 것도 아주 불가능한 일은 아니지. 만약 그런 것이라면 오히려 잘 되었구나."

재생의 뱀의 눈이 둥글게 휘어졌다.

"천존이 이 세상으로 나올 수 있었다는 것은, 놈이 신격이 아니게 되었다는 증거인 게야. 그렇다면 놈에겐 더 이상 권속도 남아 있지 않을 게다. 어쩌면 힘도 꽤 줄어들었을지도 모르고. 격이 떨어진 이상 사도 수준에서도 도모해 볼 수도 있겠구나."

존재의 격에 대해서는 선계에서도 들었다. 필멸자가 그 굴레를 벗는다면 초월자가 되고, 거기서 탈각하면 신격을 얻는다. 존재에 새겨진 격의 상하 관계는 어지간해서는 침범이 불가능하다. 하위 격의 존재는 상위 격의 존재에게 대항할 수가 없다. 하지만 격의 차이가 없다면. 거기서부터는 말 그대로, 누가 더 '잘 싸우느냐'다.

그건 백현도 겪어보아 잘 알고 있었다. 그는 신격이 박탈당해, 신력을 쓰지 못하는 무령과 싸워 승리했다. 만약 천존이 무령처럼 신격을 잃은 것이라면.

'……그럼 마룡왕은?'

순간 미친 생각에 등골이 오싹해졌다. 당시의 마룡왕도 천존과 다를 것 없는 상태였을 텐데. 그럼 마룡왕은 신격이 박탈된 상태에서도 그만한 힘을 지녔다는 것 아닌가?

"그건 그렇고."

재생의 뱀이 천천히 몸을 일으켰다.

"권속의 눈으로 여러 번 보기는 했지만, 이렇게 직접 네 집에 오는 것은 처음이구나."

"예?"

"침실이나 한번 구경시켜 다오."

재생의 뱀이 짓궂은 미소를 지으며 말했다. 그 말에 백현이 뭐라고 대답하기도 전이었다.

빠르게 앞으로 나선 사라가 재생의 뱀 앞을 가로막았다.

"그건 무슨 몸짓이냐?"

재생의 뱀이 고개를 갸웃거리며 물었다. 사라는 대답하지 않고 재생의 뱀을 노려보았다.

그렇게 잠깐의 침묵이 흘렀다. 백현은 낮게 헛기침을 하며 사라의 어깨를 잡았다.

"감사했습니다."

"듣고 싶은 말은 다 들었다 이거냐?"

"나중에 찾아갈게요, 나중에."

"흐응, 과연 그 말에 책임은 질 수 있을는지. 내가 널 귀엽게 여긴 만큼의 만족은 시켜줘야 할 텐데?"

"……만족? 뭔 만족이요?"

"내 둥지에 오는데 맨손으로 올 셈이냐?"

"아, 선물 말씀하시는 거예요? 뭐 좋아하시는 거라도……."

"알아서 챙겨 오거라. 마음에 안 든다면 다른 것으로 받으면 될 일이니."

재생의 뱀은 그렇게 말하며 백현의 몸을 위아래로 한 번 훑어보았다.

"한 달 전보다 양기가 크게 강해진 것 같은데, 뭐 좋은 거라도 먹은 게냐?"

"……크흠."

백현이 시선을 슬쩍 돌리며 헛기침을 하자, 재생의 뱀이 낮은 웃음을 터뜨렸다.

그녀는 다시 소파에 털썩 앉았다.

"그럼. 이번에도 즐겁게 기다려 주지. 언제가 될지는 모르겠지만 말이야."

그녀의 두 눈에서 녹색 빛이 희미해지며 사라져갔다.

"가기만 해봐, 확, 진짜."

사라가 백현의 옆에 붙어서 으름장을 놓았다.

백현은 얌전히 고개를 끄덕거렸다.

5장
꽃다발

의식이 돌아온 정수아는 찡한 두통과 탈력감을 느꼈다. 그녀는 소파에 몸을 묻고서 지끈거리는 머리를 손으로 감쌌다.

'또다.'

재생의 뱀은 이번에도 동의 없이 그녀의 몸에 강림했고, 정수아는 무슨 일이 벌어졌는지 아무것도 기억할 수가 없었다.

"……재생의 뱀 님이 뭐라고 말씀하셨나요?"

그것까지 숨길 이유는 없었다. 백현은 재생의 뱀에게 들은, 타락한 군주들에 대한 이야기를 들려주었다.

"정작 사도인 저한테는 알려주지 않으시고……!"

"널 걱정해서 그런 거야. 자세히 알게 된다면 네가 나서게 될 거고, 그러면 일에 휘말리게 되잖아. 너무 나쁘게 생각하지는 마."

무조건적인 걱정 때문은 아니다. 하지만 모종의 이유가 있다고는 해도, 재생의 뱀이 정수아를 챙기고 있음은 확실하다.

적어도 재생의 뱀은, 전대 무령처럼 사도를 단순한 소모품으로 생각하진 않는다.

"하지만……."

정수아는 납득하고 싶지 않았지만, 결국 항변하지 못하고 입을 다물 수밖에 없었다.

아직 그녀가 정식 사도의 자격도 갖추지 못했기에 생긴 일이다. 그녀가 자격이 되었더라면, 재생의 뱀도 자신의 사도를 믿고 일을 맡겼겠지.

[재생의 뱀이 웃으며 고개를 끄덕거립니다.]

그렇게 확인시켜 주듯 메시지가 들리자, 정수아는 고개를 푹 숙였다. 그녀는 어쩔 수 없는 무력감을 느낄 수밖에 없었다.

애당초 자격이란 뭔가? 도저히 그걸 알 수가 없었다. 레벨? 예비 사도가 된 순간부터 레벨은 단순한 숫자에 지나지 않는다.

예비 사도가 되기 전에는 군주의 관심을 받기 위해 몬스터를 잡고 어비스를 탐색하는 등 이런저런 일을 한다지만, 예비 사도가 된 순간부터는 일거수일투족이 군주에게 연결된다. 즉, 행동 하나하나에 군주의 호응이 들어오는 것이다. 그런데 레벨이 대체 무슨 의미가 있단 말인가.

권능? 그것도 마찬가지. 사도는 군주의 모든 권능을 사용한다. 그렇기에 정수아는 재생의 뱀이 요구하는 '자격'이 무엇인지 알 수가 없었다.

[재생의 뱀이 권속의 아둔함에 혀를 찹니다.]

그 말이 들린 순간이었다. 정수아의 머릿속에 '팟'하고 어떠한 장소의 위치가 새겨졌다.

정수아는 흠칫 놀라 소파에서 일어섰다가, 아직 다리에 제대로 힘이 들어가지 않아 다시 주저앉아 버렸다.

그건 '영지'가 있는 장소였다. 예비 사도가 되고서 몇 달이 흘렀건만, 정수아는 아직까지 한 번도 재생의 뱀의 영지에 가보기는커녕 그 위치조차 알지 못하고 있었다.

'오라는 건가요?'

대답은 들리지 않는다. 강요가 아니라, 선택에 맡긴다는 뜻이다. 정수아는 잠시 머뭇거리다가 백현을 쳐다보았다.

"……오빠는 어쩌실 거예요?"

"뭐가?"

"그리스…… 그…… 천존 말이에요."

"아직 어디로 도망쳤는지도 모른다며?"

"으……. 그게……."

정수아는 지끈거리는 머리를 감싸 쥐며 눈썹을 찡그렸다. 그녀는 잠깐 동안 고민에 빠졌다.

"……이건…… 원래 말하면 안 되는 건데요. 저 하나만의 일이 아니라서…… 극비기도 하고요."

"그러면 말 안 하는 게 낫지 않아?"

"그게…… 그렇기는 한데요. 그래서 오빠한테 먼저 물어보는 거예요. 오빠는 천존을 어떻게……."

"일단 패야지."

고민이 필요한 질문이 아니었다. 따지고 보면 천존 덕분에 선계로 간 것인가 싶기는 했지만, 자칫하면 죽을 뻔했던 것은 사실 아닌가?

정수아는 백현의 일방적인 적의를 이해할 수는 없었다. 하지만 남 일이라고 무시하는 것보다는 저렇게 말해주는 편이 좋았다.

"조만간 천존의 위치가 특정될 거예요."

이건 극비 사항이다. 그리스 어비스에서 헌터들이 몰살당하고, 천존이 사라진 것으로 시민들은 불안에 떨고 있다.

위치를 특정해 내는 것에 성공하고, 그를 공표한다면 시민들의 공포는 어느 정도 해소될지도 모른다. 하지만 그러고서 토벌에 실패한다면? 거기서 발생할 혼란은 이전과는 비교가 안 될 것이다.

"어떻게?"

"리셀과 연락이 닿았거든요."

정수아가 차분한 얼굴로 대답했다.

리셀. 그녀는 사도 중에서도 가장 알려진 것이 적은 인물이었다. 스위스 태생. 27살……. 그녀의 사진은 인터넷을 조금만 검색하면 나올 정도로 흔하기는 하다. 하지만, 리셀이 예비 사도가 되고서 1년. 그녀를 직접 보았다는 이야기는 허위 사실 외에는 존재하지 않는다.

"방법까지는 알 수 없지만, 리셀은 이틀 안에 천존의 위치를 특정해 알려주겠다고 말했어요. 그 대신에 '확실한' 토벌대를 준비해 달라고 협회에 통보했죠. 자신은 토벌대에 참가할 생각이 없다고 말하면서요."

정수아는 그렇게 말하고서 한숨을 푹 내쉬었다.

"사안이 사안이다 보니, 이번에는 사도들도 대거 참가하기로 했어요. 카르파고와 라이 룽, 드레이브…… 그리고 발렌시아까지. 원래는 저도 참여할 생각이었지만, 상황이 이렇게 되었으니…… 참가할 수 없겠죠. 그러니까……."

"내가 가면 되는 거야?"

"……괜찮으세요?"

웅얼거리며 묻는 말에, 백현은 히죽 웃었다. 설마 이렇게 빨리 빚을 갚아줄 기회가 올 줄은 몰랐다.

"응."

어느 정도 몸이 회복되고서, 정수아는 협회로 돌아갔다. 이 일과 관련해 협회 쪽과 이야기를 정리하기 위해서였다.

"질리지도 않나 봐."

배웅을 마치고 돌아온 백현을 반긴 것은, 성난 눈을 한 사라의 시선이었다.

"죽을 뻔했던 것 까먹었어? 네 일도 아닌데 뭐 하러 나서는 거야?"

"내 일이 조금 섞여 있기는 해."

"그래서 죽을지도 모르는 일에 나선다고? 너 제정신이야?"

죽을지도 모르는 일이라? 그렇지만은 않다. 당장 사도 중 셋이 토벌대에 참가하고, 예비 사도인 발렌시아도 참가하는 판국이다.

물론 저들이 토벌대에 참가하는 것은 불안과 공포에 떠는 시민들을 안심시키기 위해서는 아닐 것이다. 각자가 추구하는 무언가를 위해서겠지. 그건 백현도 마찬가지다.

'카르파고.'

혈사자의 사도. 그와 직접 만난 적은 한 번뿐이지만, 좋은 기억은 없었다. 다짜고짜 기습했던 놈이다. 그 뒤로는 제법 얌전했다지만, 안심해선 안 될 놈이다.

다행인 것은 토벌대에 백현에게 우호적인 인물이 제법 된다는 것이다. 드레이브야 그 진의를 알 수 없는 놈이지만, 라이룽은 백현과 임시나마 동맹을 맺었다. 발렌시아도 백현에게 아티펙트를 후원해 주는 입장이다.

"딱 좋게 판이 깔려 있잖아."

백현은 사라의 어깨를 두드리며 말했다. 사라는 백현의 손을 고깝다는 눈으로 보다가 눈썹을 찡그렸다.

"……뭔 개수작이야?"

"굿이나 보고 떡이나 먹을 수도 있겠는데, 그전에 빚은 갚아야지."

"그럼 난 어쩌고?"

"너 비행기 타봤어?"

되묻는 말에 사라의 눈이 동그랗게 떠졌다. 비행기? 타본 적이 있을 리가. 사실 사라는 아직도 그 커다란 쇳덩어리가 하늘을 날아다닌다는 것을 도저히 믿을 수가 없었다.

"어쩌면 배도 탈 수 있을지도 모르겠다."

"……배……?"

"응. 그리스면 그쪽이잖아, 지중해. 나도 가본 적은 없는데, 거기 바다가 진짜 예쁘대."

'바다'라는 말에 사라의 두 눈이 폭풍을 만난 바다처럼 요동쳤다.

"겸사겸사 바다나 보고 오자."

"나, 나도 같이 가는 거야?"

"그럼, 같이 안 가게?"

되묻는 말에 사라의 입이 헤벌쭉 벌어졌다.

"이 개새끼."

서민식은 핸드폰을 내려 보며 욕설을 내뱉었다. 한 달 만에 돌아온 친구 놈. 그 자식은 여태까지 속 탔던 사람 마음도 모르고, 카톡만 몇 줄 보내고 말았다. 일본은 왜 갔냐? 언제 귀국하는데? 그런 내용들.

서민식은 한숨을 푹 내쉬며 핸드폰의 액정을 껐다.

"누가 가기 싫어서 안 가는 줄 아나."

12월의 일본. 후쿠오카의 날씨는 그리 춥지 않았다. 겨울이라기보다는 가을이었고, 외투 하나면 될 정도의 쌀쌀함이다. 낮에는 외투를 안 걸쳐도 다닐 만했다.

바다가 가깝다는 것은 좋았다. 서울에선 어지간하면 볼 수 없었던 바다가, 여기서는 조금만 걸으면 펼쳐져 있다.

그러나, 이제는 너무 많이 봐서 질릴 정도였다. 음식점이나 술집 안에서 담배를 피울 수 있다는 것도 마음에 드는 일 중 하나였지만.

한 4박 5일. 길게 잡아 일주일. 그렇게 오면 좋았을 텐데, 벌써 삼 주를 넘어 한 달이 되어간다. 벌써부터 20년 넘게 쓴 한국어보다 일본어가 귀에 익숙한 것 같았고, 차에 탈 때도 오른쪽에 앉고서 좌측통행으로 운전하는 것이 자연스러웠다.

좋은 나라다. 음식도 맛있고, 술도 맛있고. 하지만 한국으로 돌아가고 싶었다. 그래도, 앞으로 몇 주일 뒤에는 절차가 끝날 테니 한국으로 돌아갈 수 있을 것이다.

일본에 온 이유는 책임져야 할 일이 있기 때문이었다. 사실, 호센의 죽음을 두고 서민식을 비난하는 사람은 아무도 없다. 일본의 랭킹 1위였던 호센은, 한 달 전의 폐허에서 몬스터에게 잡아 먹혔다. 안타깝게도 시체조차 남지 않았다.

호센의 죽음은 그렇게 정리되었다.

하나하나 따지고 보면 서민식이 잘못이랄 일이란 것은 없다. 호센을 정령으로 만든 것은 서민식의 의지가 아닌 템페스트의 의지였다.

'만약 내가 거기 있지 않았더라면.'

그렇다면 어떻게 되었을까. 호센의 죽음이라는 결과 자체는 바뀌지 않았을 것이다.

폐허에 있던 몬스터들은 헌터들이 감당하기에는 질적으로나 수적으로나 너무 과했다. 정령으로 화한 호센은 압도적인 힘을 휘둘렀으나, 서민식이 그 장소에 없었다면 호센이 정령이 되는 일도 없었을 것이다. 그렇다면 결국 몬스터를 이겨내지 못하고 그 장소에서 죽었겠지.

결국. 서민식이 그곳에 있건 없건 간에, 호센의 죽음이라는 결과는 바뀌지 않는다는 것이다.

'뭐 어쩌라고.'

그리 납득하고 싶지 않다. 납득이 되지도 않는다. 죄의식이 도저히 사라지지 않는다. 호센의 죽음은 반드시 일어날 일이었다지만, 그가 인간으로서 죽지 못한 것은 결국 서민식이 그곳에 있었기 때문이니까.

누구 하나 서민식을 비난하지 않더라도, 서민식은 자기 자신을 도저히 용납할 수가 없었다.

[템페스트가 당신을 우울한 눈으로 바라봅니다.]

저 목소리도 듣고 싶지 않았다. 이상할 정도로 자신에게 집착하는 군주. 일거수일투족을 바라보며 행동 하나하나에 반응하고, 때로는 푼수처럼, 때로는 과하다 싶을 정도로…….

템페스트가 보여주는 모습은 너무나 비정상적이다. 단순한 관심의 정도를 넘어섰다.

그때 보았던 흐릿한 영상.

가슴이 꽉 막히는 것 같았다. 가까운 흡연 구역에나 갈 생각에 주머니를 뒤지다가, 결국 한숨만 길게 쉬는 것으로 참았다.

학생들이 나오고 있었다.

호센은 서민식에게 자신의 가족 이야기를 몇 번 들려주곤 했었다. 사별한 아내, 홀로 키운 딸. 이제 고등학교를 졸업한다는 딸 '미하루'에 대해 이야기할 때마다, 호센은 고아인 서민식에겐 낯선 부모의 얼굴이 되곤 했었다. 그런 호센의 얼굴은, 그날 이후 몇 번이고 꿈에 나왔다.

꽤 많은 학생이 교문을 지나갔다. 서민식은 지나가는 학생들의 얼굴을 쳐다보았다. 그러다가, 찾는 얼굴을 발견하고서 손을 흔들었다.

"아직도 안 돌아갔어요?"

솔직히 말해서, 미하루의 얼굴에는 호센과 닮은 구석이 조금도 없었다. 아내가 미인이었구나 싶었을 정도로. 얼굴이 안 닮았으면 서글서글한 성격이나 좀 닮았으면 싶었는데, 성격조차 딴판이었다.

하긴, 아버지가 갑자기 죽었다는 이야기를 들은 것이 한 달 전이니. 아직 성격이 까칠할 만도 한가. 서민식은 나름대로 그렇게 합리화를 하고 있었다.

사실 성격 같았으면 뭐라고 반박이라도 할 텐데, 죄의식 때문에 반박도 제대로 할 수 없었다.

“배 안 고파?”

“안 고파요. 아저씨나 먹어요.”

“오빠라고 부르라니까.”

“오빠는 무슨.”

미하루는 그렇게 중얼거리면서 서민식을 지나쳤다. 서민식은 주머니에 손을 찔러 넣고서 미하루의 뒤를 따라 걸었다.

“데려다줄게.”

“됐어요. 걸어서 얼마 걸리지도 않는데 뭐 하러 차를 타요?”

“너가 걷는 것보다 차 타는 게 더 빠르니까. 어차피 같은 아파트잖아.”

“아저씨랑 차 같이 타면 애들이 원교하는 거 아니냐고 오해해요.”

“내가 교문 앞에서 너 기다리는 것도 벌써 한 달 다 되어간다. 사정 설명을 해도 몇 번은 했고, 미담이랍시고 인터뷰도 했었어.”

“덕분에 내가 얼마나 피곤하고 귀찮아졌는지 알기나 해요?”

그렇게 되묻는 말에는 솔직히 할 말이 없었다.

“난 상관없고, 괜찮다고 몇 번을 말했는데. 아저씨가 만족 못 하고 계속 챙겨주겠답시고 이러고 있는 거 아니에요?”

"맞아."

서민식은 씁쓸하게 웃으며 대답했다. 결국, 이 모든 것은 죄의식을 덜어내기 위한 자기만족에 지나지 않는다.

그는 주차해 둔 차를 무시하고 미하루의 옆에 서서 걸었다. 이따가 다시 차를 가지러 돌아와야겠지만, 익숙한 일이었다.

"그래도 좀 봐주라. 어차피 몇 달 뒤에는 돌아갈 거니까."

"왜 하필 몇 달 뒤인데요?"

미하루가 뚱한 얼굴을 하고서 서민식을 쳐다보았다. 서민식은 주머니 속에 있는 담뱃갑을 구기며 대답했다.

"졸업식에 꽃은 받아야 할 것 아냐."

"……안 받아도 상관없는데요."

"남들 다 받는데 너 혼자 안 받으면 나중에 서러울걸. 그리고 내가 주고 싶어서 그래."

"……우리 아빠가 그렇게 해달라고 한 것도 아니잖아요. 유언 하나 안 남기고 죽었다면서."

"그 아저씨 성격이면, 분명히 나한테 그런 부탁을 했을 거야."

서민식은 그렇게 중얼거리며 미하루의 곁을 힐긋 보았다.

템페스트와 계약하지 않은 미하루에게는 보이지 않겠지만, 지금 미하루의 곁에는 호센이 함께 걷고 있었다. 정확히 말하자면 한때 호센이었던 정령이.

그는 더 이상 인간의 모습을 하고 있지도, 부모의 얼굴도 하고 있지도 않았다.

'그래도.'

자아가 말소되어 감정도 없고, 말 한마디 할 수 없다 하더라도 서민식은 정령이 되어버린 호센을 대신해서, 딸의 졸업식에 꽃다발을 안겨주고 싶었다.

6장
재만 빼고

"지, 진짜 괜찮은 거 맞아?"

안절부절못하는 사라를 보는 것은 조금 재밌었다. 비행기를 처음 타는 것은 백현도 마찬가지기는 했지만, 타본 적이 없어도 익숙함은 다른 법이다.

백현은 아무렇지도 않은 얼굴을 하고서 대답했다.

"괜찮다고 몇 번을 물어보는 거야?"

"그, 그게. 솔직히 말이 안 되잖아. 어떻게 이렇게 큰 게, 그것도 이런 쇳덩어리가 하늘을 난다는 거야? 응? 혹시 날다가 떨어지기라도 하면……."

"떨어지면, 뭐? 그때는 그냥 벽 뜯고 나가서, 네가 직접 하늘을 날면 되잖아."

하늘을 못 나는 것도 아니면서 말이야. 백현이 중얼거린 말에 사라는 탄성을 내며 고개를 끄덕거렸다.

“아, 그런 방법이……! 그런데, 바다로 떨어지면 어떡해?”

“바다 위를 달리면 되잖아.”

“어디까지 달려?”

“육지나 섬? 근데 아마 안 떨어질 거야.”

사실 백현도 확신할 수는 없었다. 그도 비행기를 타는 것은 처음이었고, 이 거대한 쇳덩이가 정말 아무 문제 없이 하늘을 난다는 것은 솔직히 영 신뢰가 가지 않았다.

까놓고 말해서, 남이 운전하는 비행기를 타느니 자기가 직접 하늘을 나는 편이 더 안전하고 마음이 편할 것 같았다.

‘설마 태어나서 처음 타는 비행기가 개인기가 될 줄이야.’

정부와 협회가 보내주는 것이니 저가 항공은 아니겠지 싶었는데, 개인기일 것이라고는 상상도 하지 못했다. 갑작스러운 비행편을 생각하면 이쪽이 합리적이기는 했다.

“나, 산토리니 찾아봤어. 막 집이 계단처럼 있는 곳이잖아, 맞지?”

“맞아.”

“그런데, 산토리니는 사람이 엄청 많다던데…… 가면 막 아무도 없는 것 아니야?”

“12월은 그쪽도 쌀쌀해서 관광객은 많이 없지 않을까. 그리고 천존 때문에 어지간한 관광객은 이미 다 도망쳤을걸.”

"그러면 가게도 다 문 닫은 것 아니야?"

사라가 걱정스러운 표정을 지으며 말했지만, 백현은 대수롭지 않다는 투로 대답했다.

"그래도 바다랑 건물은 남았을 것 아냐? 거기 사는 사람들도 있을 테니, 연 가게들도 있겠지."

여행이라도 가는 줄 아나. 함께 전용기를 탄 헌터들이 조잘거리는 백현과 사라를 힐긋거리며 쳐다보았다.

역대 최강으로 분류된 어비스의 괴물을 토벌하러 가는 길인데, 가장 편한 자리를 차지한 저 둘은 꼭 신혼여행이라도 가는 것처럼 행동하고 있었다.

'긴장도 안 하나?'

비행기에 탄 이들은 한국 협회에 소속된 헌터팀. 그리고.

'이런 말은 없었잖아……!'

천왕의 길드장인 이석천과 그가 엄선해 데리고 온 정예들이었다.

본래 이석천은 이런 위험한 토벌에 참가하려 드는 성격이 절대로 아니다. 하지만 이번은 해볼 법한 모험이었다. 협회에서 사도들이 대거 참가한다는 말도 들었으니, 자신은 가서 머릿수만 채우면 된다는 생각이었다. 어차피 활약은 인간 같지도 않은 사도들이 할 테니, 곁에서 알짱거리다가 나중에 공개될 영상에서 얼굴 정도만 잠깐씩 내비치면 그것으로 대만족이었다.

박준환이 죽고 혈맹 길드가 사라진 지금, 한국의 그저 그런 길드들 중 최고라 꼽히는 것은 이석천의 천왕 길드였다.

이번을 기회 삼아 슬쩍 해외 진출도 시도해 보고, 겸사겸사 사도들과 얼굴도 트고. 이번 일을 통해 사도와 친분을 트고서 그 라인을 타기라도 하면, 그야말로 날개를 다는 격이다. 사람 일은 모르는 법이라는데, 똑같이 혈사자와 계약한 카르파고와 친분이라도 쌓는다면…….

'왜 저 새끼가 있는 거야?'

이석천은 구석진 자리에 앉아 안절부절 입술을 씹었다. 백현의 귀환은 아직 대대적으로 알려져 있지는 않았기에, 이석천은 그가 당연히 죽었다고 생각하고 있었다.

서민식은 일본에서 호센의 딸내미를 챙기고 있으니, 한국에서는 당연히 정수아가 갈 것이라 생각했는데, 왜 저 괴물 같은 놈이 함께 간단 말인가? 이석천은 아직까지 화천 어비스에서 백현에게 들었던 말을 잊지 않고 있었다.

하지만. 이석천이 홀로 불안에 떠는 것과는 다르게, 백현은 그를 조금도 신경 쓰지 않고 있었다. 그에게 있어서 이석천은 굳이 신경 써서 기억할 만큼 대단한 위인도 아니었다.

"우, 움직인다."

창가에 앉은 사라는 바짝 긴장해 굳었다. 그런 주제에 눈동자만 옆으로 돌리고서 창밖을 힐긋힐긋 본다. 백현도 첫 비행이 조금은 설레어서, 사라와 함께 창밖을 보았다.

별것 없었다.

"우와! 와! 와아! 나, 난다! 진짜 날아!"

사라가 호들갑을 떨며 백현의 옆구리를 쿡쿡 찔렀다. 그녀는 멀어지는 지면을 보며 입을 헤 벌리고 창문에 얼굴을 바짝 붙였다.

백현은 그런 사라를 피식 웃으며 쳐다보았다. 첫 비행은 생각보다 감흥이 적었지만, 사라를 보는 것은 즐거웠다.

신경 써준 의자는 널찍하고 편했다. 하지만 아무리 의자가 편하다지만, 산토리니 공항까지는 30시간 이상 걸린다. 그것도 도중에 런던을 한 번 경유해야 한다.

"귀가 먹먹해."

"하품하면 괜찮아진대."

"진짜? 아-"

사라가 입을 크게 벌리며 하품을 했다. 몇 번 하고 나니 꽉 막힌 귀가 뚫린다. 그것조차 신기한지 사라가 깔깔 웃었다.

"이제 뭐 할 거야?"

"핸드폰도 안 되니까, 명상이나 해야지."

사라가 대답했다. 비행이 즐거워 웃기는 했지만, 단순히 놀러 가는 것이 아님은 그녀도 자각하고 있었다.

함께 가는 이상. 사라도 그만한 준비는 할 생각이었다. 그녀

역시 20년 동안 도원경에서 무공만 익힌 몸이다.

백현은 빙긋 웃으며 고개를 끄덕거렸다. 그리고, 둘은 눈을 감고서 명상을 시작했다. 선계에서 보낸 날들이 백현의 머릿속에서 스쳐 지나간다. 그곳에서 배우고, 자신의 것으로 삼은 것들. 다듬어서 보완한 기술들.

한 달이라는 시간 동안, 백현이 가장 큰 성취를 얻은 것은 단연 '기공'이었다. 그는 자신이 익힌 무수히 많은 기공을 모두 해체하고, 새로 정립했다.

혈승의 지옥혈잔화와 검황의 일검평천하를 하나로 엮고, 기존에 알고 있던 검식들과 우자의 검기를 엮어 검화(劍花)를. 투전마라와 천상기리의 강기공 중 서로의 장점만을 취하여 접목시켜 천혼광도(天溷狂濤)를 만들었다.

태극선의 유화태극무한과 우자의 천의무봉, 요희란의 탈명요혼, 유기의 만연비궁. 그 모두는 태극연화(太極蓮花)라는 하나의 방어초식이 되었다. 양의무극회환에도 탈명요혼의 구결을 섞었고, 그 자체로도 완벽하다 할 수 있을 질풍신뢰에도 신풍랑과 암령의 무공들을 가미했다.

그것들 하나하나를 다시금 확인하고 정리하기 시작하자, 비행시간이 너무 짧게 느껴졌다.

"먼 곳에서 오느라 수고하셨습니다."

산토리니 공항에는 이미 마중을 나온 사람들이 기다리고

있었다. 빠르게 입국 수속을 끝마친 한국의 토벌대들은 곧바로 마중을 나온 헌터들과 조우할 수 있었다.

"이제 어디로 갑니까?"

"호텔은 이미 예약해 두었습니다. 우선 그쪽으로 이동하시죠."

산토리니가 세계에서 손에 꼽히는 휴양지라지만, 다들 놀러 온 것이 아니다. 게다가 40시간에 달하는 비행은 헌터에게도 피곤한 일이라서, 바로 호텔로 간다는 말에 한국의 토벌대들의 표정이 밝아졌다.

"관광은 안 하는 거야?"

"나중에 해, 나중에."

물론 사라는 티끌만큼의 피곤도 느끼지 못하고 있었다.

"바다는 볼 수 있겠지?"

"비행기에서도 봤잖아."

"너무 높이 봐서 별로 예쁘다는 생각도 안 들었어."

이석천은 재빠르게 백현과 사라가 타지 않은 버스를 골랐다. 이 인 좌석의 창가 자리를 차지한 사라는 기대 어린 눈으로 창밖을 힐긋거리며 보았다. 당장 관광은 할 수 없다지만, 처음으로 온 외국의 거리는 보는 것만으로도 가슴을 설레게 했다.

"정수아의 얼굴이 보이지 않던데. 정말 토벌에 참가하지 않는 겁니까?"

"군주의 부름을 받았다더군요."

이번 일에서 한국 협회 쪽의 대표를 맡은 헌터는 김승환이라는 남자였다. 그가 유창한 영어로 대답하자, 말을 걸었던 외국인 헌터가 눈살을 찡그렸다.

"사도들은 참 좋겠군요. 군주만 팔면 다 빠져나갈 수 있으니 말입니다."

"정수아가 없는 말을 지어낼 성격은 아닙니다. 토벌에 빠지게 된 것에 깊은 유감을 표하기도 했고요."

김승환은 상대를 어르는 투로 말했다. 하지만 정수아가 토벌에 빠지게 된 것은 정말 갑작스러운 일이어서, 저런 불만이 나오는 것도 어쩔 수 없는 일이었다.

"그래도 샤나크보다는 낫지 않습니까?"

"하! 그 미친놈의 이야기는 하지도 마십시오. 카르파고까지 참가한 마당에 샤나크 그 미친놈은 신곡 준비를 해야 한다며 연락도 되지 않고 있으니."

헌터가 얼굴을 일그러뜨리며 내뱉었다. 그러다가 뒤를 힐긋 돌아보더니, 창밖을 보며 탄성을 지르는 사라와 백현을 쳐다보았다.

"김승환. 당신은 저들이 정수아보다 낫다고 생각합니까?"

"사도의 힘을 저따위가 가늠하는 것도 우습지만, 저들은 군주와 계약하지 않은 특이 케이스입니다. 그건 아시지 않습니까?"

"당연히 알고 있습니다. 전 세계의 헌터들 중에서 저 둘과 같은 케이스는 확인된 바가 없으니까요. 한 달 전의 호른 사태에서도 저들이 특출난 활약을 보였다는 것도 이미 알고 있습니다."

"비밀이 많은 인물들입니다. 이번에 그들의 힘을 제대로 볼 수 있을지도 모르지요."

"몬스터를 잡는 것이 우선입니다."

남자가 한숨을 내쉬며 중얼거렸다. 그는 다시 앞을 보면서 지끈거리는 관자놀이를 꾹 눌렀다.

"이미 호텔에는 참가하기로 한 모든 사도가 도착해 있습니다. 리셀이 내일이면 정확한 위치를 보내주겠다 하였으니, 본격적인 토벌 준비는 내일부터 시작될 겁니다."

토벌대가 묵을 호텔은 바로 뒤에 바다가 펼쳐져 있었다. 사라는 호화스러운 호텔을 올려보며 연신 탄성을 내질렀다.

"오, 오션 뷰."

어디서 들은 것은 있는 모양이었다. 백현은 캐리어 두 개를 끌면서 사라에게 다가왔다.

"야, 여기 수영장도 있나 봐!"

"수영은 안 돼."

"왜? 날도 별로 안 추운데."

"수다 떨고 웃어대는 것만으로도 눈치를 그렇게 줬는데, 네가 수영복 입고 해안가 뛰어다니면 쌍욕까지 해댈걸."

"그러면 호텔 안에서 뭐하라는 거야?"

"그냥 푹 쉬고 있으면……."

백현은 하던 말을 멈추었다. 이쪽을 노골적으로 쳐다보는 시선 때문이었다. 그는 고개를 돌려 시선이 느껴지는 곳을 쳐다보았다.

호텔 최상층. 그 창문 너머에서 한 남자가 서 있었다. 백현은 가운을 입은 남자를 보고서 자신도 모르게 히죽 웃었다.

“새끼. 오랜만이네.”

카르파고. 그는 백현이 손을 흔들어대는 것을 보며 어이없다는 표정을 지었다.

잠시 백현을 바라보던 그는, 곁에 있는 사라를 힐긋 보았다. 그러다가 휙 몸을 돌려 사라졌다.

“아는 놈이야?”

“조금.”

“왜 띠껍게 쳐다보고 지랄이야?”

사라는 그렇게 투덜거리면서 백현이 잡고 있는 캐리어 하나를 대신 끌었다.

토벌대와 함께 로비로 들어가자, 별개의 체크인 없이 곧바로 방 키를 받을 수 있었다.

“수아 양에게 배정될 예정이었던 스위트룸이 하나 남습니다. 그런데, 두 분은 같은 방을 쓰실 겁니까?”

“어쩔래?”

“……물어보는 이유는 뭐야? 설마 따로 쓰려고?”

살벌한 눈으로 노려보는 말에, 백현은 별말 없이 이승환이 건네는 카드 키를 받았다.

"오션 뷰인가요?"

"……바다는…… 네, 보입니다."

이승환은 떨떠름한 얼굴로 대답했다. 그 말에 사라가 함박웃음을 지었다.

"최상층은 사도 분들에게 배정되어 있습니다. 굳이 말할 필요는 없겠지만, 공동의 목표를 가진 동료이니 마찰은……."

"저쪽에서 시비를 걸면?"

"……설마 그런 일은 없겠지요."

이승환은 헛웃음을 흘리며 대답했다.

하지만, 최상층에 도착해 엘리베이터를 내린 순간.

"영어는 할 줄 아냐?"

그 너머에 서 있던 카르파고가 건들거리며 물어왔다.

"못 한다면 곤란한데. 대화 몇 마디 하자고 어비스에 들어가는 것도 좀 웃기잖아, 안 그래?"

놈은 여전히 가운 차림이었고, 그 안에는 속옷 외에 아무것도 입지 않고 있었다. 카르파고는 가운 주머니에 꽂고 있던 손을 뽑으며 백현에게 뻗었다.

"말은 안 통해도 이건 뭔지 알지? 악수 말이야, 악수."

백현의 회화는 엄청나게 뛰어난 수준은 아니다. 카르파고의 영어에는 스페인 억양이 강하게 섞여 있기는 했지만, 그래도 알아듣지 못할 정도는 아니었다.

"조금은 할 줄 알아."

백현은 활짝 웃으며 대답해 주었다. 그러면서 카르파고의 손을 마주 잡았다.

"오, 그래? 그럼 다행이네."

꽈악.

카르파고는 맞잡은 손에 힘을 주며 히죽 웃었다.

"정수아 대신 김치맨 네가 토벌에 참가한다는 이야기는 들었는데. 넌 아무것도 모르고 온 건가?"

"뭘?"

"이 토벌에 나도 참가한다는 거."

"몰랐으면 너 보고 놀라는 시늉이라도 했겠지. 안 그래?"

"하긴, 그건 그런데…… 아무렇지도 않아? 설마 벌써 잊은 거냐?"

카르파고의 목소리가 낮아졌다.

"너 나한테 죽을 뻔했잖아. 그때 라이 룽, 그 잡년만 끼어들지 않았어도 널 죽여 버릴 수 있었을 텐데."

"에이."

웃으며 묻는 말에, 백현도 피식 웃었다.

"그건 아니지."

우둑.

악수로 잡혀 있던 카르파고의 손이, 백현의 손아귀 안에서 으스러졌다.

"너 혼자가 아니라 연리운이랑 둘이서 날 죽일 뻔했던 거잖아."

백현은 으스러뜨린 손을 휙휙 흔들고 놓아주었다. 멀쩡한 손이 박살 났지만, 카르파고는 신음하나 흘리지 않았다. 그저 싸늘한 눈으로 백현을 노려볼 뿐이었다.

"마침 지금도 둘인 것 같은데. 왜? 그때처럼 다굴 한번 해보게?"

백현은 카르파고를 물끄러미 보며 물었고, 그걸 보고 있던 사라는 고개를 갸웃거렸다.

'둘?'

앞에서 시비를 걸고 있는 것은 카르파고 하나뿐이었다.

"……뭐?"

카르파고의 두 눈이 당황으로 흔들렸다.

"……무슨 말을 하는 거냐?"

뒤늦게 모르는 척 되물었지만, 순간적으로 보였던 당황은 놓치기에는 너무 노골적이었다.

백현은 카르파고의 뒤쪽을 보았다.

예전이라면 느끼지 못했을 것이다. 하지만 천의무봉을 통해 뜨게 된 심안은, 백현으로 하여금 보이지 않고 보지 못했던 것들을 보게 해주었다.

그것은 틀림없이 카르파고의 뒤편에 존재하고 있었다. 뚜렷한 실체는 보이지 않았지만, 누군가가 저곳에 존재를 숨기고 있음은 틀림없었다.

그건 대단한 일이었다. 저게 무공인지 마법인지, 혹은 전혀 다른 종류의 권능인지는 알 수 없었지만. 심안을 통해서도 제대로 보이지 않는다.

"뭐가 보인다는 거야?"

사라가 고개를 갸웃거리며 되물었다. 그녀는 아무것도 느낄 수가 없었다. 그만큼 저 존재의 은신은 완벽했다.

우둑.

백현이 으스러뜨렸던 카르파고의 손목이 멀쩡한 모습으로 재생되었다.

카르파고는 손을 쥐었다 펴며 백현을 노려보았다. 그 어떤 사도도 눈치채지 못했었는데, 대체 어떻게?

손이 박살 난 것은 중요하지 않았다. 카르파고에게서 스멀거리며 살기가 피어올랐다.

"해보자고?"

백현은 그 농밀한 살기를 앞두고도 피식거리며 웃었다. 놈에게 별 악감정이 남아 있지는 않았지만, 그렇다고 호감이 있는 것도 아니다.

"……아니."

내비치던 살기가 깔끔하게 가라앉았다. 카르파고는 심호흡을 하고서 몇 걸음 뒤로 물러섰다.

"너랑 싸우려고 이 먼 산토리니까지 온 것도 아니고. 일단은 동료잖아, 응?"

"동료?"

"서로 내키지 않아도, 일단은."

카르파고는 그렇게 말하며 휙 몸을 돌렸다.

백현은 복도를 걷는 카르파고의 등을 쳐다보았다. 놈이 싸움을 피하려 든다면, 백현도 굳이 싸우자고 할 생각은 없었다. 하지만.

"야."

백현은 멀어지는 카르파고의 등에 대고 외쳤다. 그 말에 카르파고의 걸음이 멈췄다.

"이번에는 안 봐줄 거야."

"……뭐라고?"

"그러니까 할지 안 할지 생각 잘하고, 만약에 할 거면."

툭 던진 말에 카르파고가 고개를 돌린다. 백현은 히죽 웃으며 자신의 뒤통수를 쓰다듬었다.

"때릴 거면 확실하게 때리라고. 날 반드시 죽여 버리겠다는 생각으로."

그 말을 들은 카르파고가 얼굴을 일그러뜨리며 뭐라고 내뱉었다. 억양이 거세고 감정이 잔뜩 담긴 것이 욕처럼 들렸는데, 에스파냐어라서 뭔 소리인지 알 수가 없었다.

"욕할 거면 알아들을 수 있는 거로 해. 이런 거 있잖아, 이런 거."

예시 삼아 가운뎃손가락을 들어서 보여주었다. 그걸 노려보는 카르파고의 입술이 꿈틀거렸다.

그러다가 홱 몸을 돌려서, 멀지 않은 자신의 방으로 들어가 버렸다.

"뒤통수?"

사라가 눈썹을 찡그리며 물었다. 백현은 사라에게 대강의 사정을 설명해 주며 배정된 방으로 들어갔다.

"그러다가 나중에 진짜로 뒤통수 맞으면 어쩌려고?"

"아예 모르다가 맞는 것도 아니고. 때릴 거라고 생각하고 있다가 맞으면 당황할 문제도 아니잖아. 확실한 명분도 생기고."

백현은 그렇게 대답하면서 방문을 열었다. 널따란 스위트룸을 보며 사라는 탄성을 내질렀다.

그녀는 캐리어를 문 옆에 두고서 후다닥 안으로 들어가더니, 창밖에 보이는 바다를 보며 입을 헤 벌렸다.

"진짜 안 죽었네."

옆방의 문이 열리더니, 발렌시아가 머리를 내밀었다.

"안 죽었다고 말했잖아."

"듣기는 했지만, 직접 보면 감흥이 다른 법이야."

발렌시아가 문밖으로 나오며 헛웃음을 흘렸다. 그녀의 뒤편에는 예의 비서가 서 있었다. 백현은 심안을 통해 비서를 쳐다보았다.

예전에 보았을 때도 어렴풋이 느끼긴 했는데. 심안을 통해 보니 확실하게 알겠다.

'저건' 살아 있는 인간도 아니고, 그렇다고 시체가 움직이는 것도 아니었다. 애당초 인간이라고 할 수도 없다.

"뭘 그렇게 보세요?"

비서가 고개를 갸웃거리며 물었다. 대놓고 정체가 뭐냐고 물어보면 실례일까? 백현은 잠시 생각하다가 어깨를 으쓱거리는 것으로 대답을 피했다.

"너도 참가할 줄은 몰랐는데."

"천공성이 갖고 싶어서."

발렌시아가 히죽 웃으며 대답했다. 그녀 역시 도주한 몬스터가 천존이라는 것은 이미 알고 있는 모양이었다.

"무조건 내가 갖게 되리란 보장도 없지만, 이런 기회는 흔치 않잖아?"

"그게 가지고 싶다고 가질 수 있는 건가?"

"아무것도 모르는 것처럼 굴기는. 군주와 계약하지 않았다지만, 너도 알 건 다 알잖아?"

발렌시아가 고개를 들썩거리며 키득거렸다.

"천존이 누구인지도 아는 모양이고."

그조차 모른다면 천공성을 두고서 가질 수 있는 거냐며 묻지도 않았겠지. 추론이랄 것도 없다.

"누구 마음대로?"

목소리가 끼어들었다.

복도 끝 엘리베이터에서 라이 룽이 걸어 나오고 있었다.

"쳇."

라이 룽을 본 발렌시아가 작은 목소리로 혀를 찼다.

깔끔한 슈트 차림의 그녀는 잠시 백현을 보다가, 발렌시아에게 시선을 돌렸다.

"천존을 토벌할 수 있다는 확신도 없는 판국에 벌써부터 전리품 생각은 너무 이른 것 아닌가? 그럴 자격도 없어 보이고."

"얼마나 잘났다고 자격을 논하는지 모르겠네. 왜? 예비 딱지 떼니까 잘난 것 같아?"

다가오는 라이 룽을 보며 발렌시아가 이죽거렸다. 그녀의 뒤편에 서 있던 비서가 앞으로 나서더니 발렌시아의 곁에 섰다.

라이 룽의 입꼬리가 비틀렸다.

"사역마가 특이하긴 한데, 그거로 앞가림이나 할 수 있겠어?"

"아가리 조심해, 뒤지기 싫으면."

사역마 운운하는 말에 발렌시아의 눈이 싸늘하게 식었다. 백현은 자신도 모르게 비서를 쳐다보았다.

라이 룽이 말한 '사역마'는 비서를 말하는 것이 틀림없었다.

한데 저게 사역마란 말인가?

"왜 싸우고들 그래?"

이대로 두면 사달이 날 것 같았다. 백현은 한 발 앞으로 나서며 라이 룽과 발렌시아 사이에 끼어들었다.

"쓸데없이 욕심부리지 말라고 경고한 것뿐이야."

"아? 그러셔? 넌 욕심 따위 안 낸다 이거지?"

"사리사욕에 눈이 먼 너보다는."

라이 룽의 대답에 발렌시아는 마른 웃음을 터뜨렸다.

"과연 그러실지."

이죽거리는 말을 남기고서 발렌시아는 다시 자신의 방으로 들어가 버렸다. 라이 룽은 닫힌 눈을 한 번 노려보았다.

"……너, 한 달 동안 뭘 하고 온 거냐?"

그러다가 백현을 쳐다보았다. 그녀는 예리하게 뜬 눈으로 백현을 살폈다.

'대체 뭐야?'

저 녀석의 성장력이 말도 안 되게 빠르다는 것은 이전에도 보아 알고 있었다. 연리운과 대등한 정도였던 놈은 고작 며칠 사이에 연리운을 압도할 정도로 강해졌고, 신격을 잃은 무령마저 죽여 버렸다.

그리고 지금. 라이 룽은 자신도 모르게 손을 쥐었다. 이건…… '빠르다'라고 할 수준이 아니다.

그건 라이 룽을 통해 백현을 살피고 있던 용성군마저 감탄을 터뜨리게 만들었다.

[기(氣)가 폭발적으로 증가했구나. 한 달 전에 보았을 때와는 비교가 안 될 정도다.]

"수행."

"대체 무슨 수행을 하면 그렇게 확 강해질 수 있는 거지?"

라이 룽은 그걸 도저히 이해할 수가 없었다.

군주와 계약했다면 이치에 걸맞지 않은 힘을 갑자기 얻는 것도 충분히 이해할 수 있다. 그런데 계약도 하지 않은 놈이, 대체 뭔 일을 겪어야 한 달 만에 저만한 성장을 얻는단 말인가?

"말해줘도 넌 못 하는 거야. 말해줄 생각도 없고."

백현은 그렇게 말하며 히죽 웃었다. 참 얄미운 웃음이었다. 라이 룽은 백현을 노려보다가 크게 숨을 삼켰다.

"……네게도 말해두는데, 천존의 목숨을 끊는 것에 욕심내지 마라."

"천공성 때문에?"

"그것도 있지만. 놈은 타락한 군주야. 무령 때와는 경우가 달라. 놈을 죽인다고 해서 신격을 얻지는 않겠지만, 자칫하면 혼돈을 감당하게 될지도 모른다."

그건 얼핏 들으면 챙겨주는 경고처럼 들렸다.

"그렇게 말하는 주제에 너도 토벌에 참가하잖아. 혼돈보다는 천공성을 신경 쓰는 것 아니야?"

"그것도 누군가가 소유하긴 위험한 힘이니까."

라이 룽이 얼굴을 구기며 대꾸했다.

"다른 놈은 모를까, 카르파고가 천공성을 갖게 할 수는 없지."

군주의 권속을 죽이면 권능을 얻고, 군주를 죽이면 신격까지 얻게 된다. 천존은 이미 신격을 잃은 상태라지만, 그렇다고 하여 놈의 천공성까지 취하지 못하는 것은 아니다.

"네가 갖는 것은 괜찮고?"

라이 룽은 대답하지 않았다. 그녀는 무뚝뚝한 얼굴로 백현을 지나쳤다.

"진 웨이가 요즘 뭐 하는지 알아?"

문득 생각이 나서, 백현은 라이 룽의 등에 대고 물었다. 살려달라던 메시지에 답장을 보내기는 했는데, 그 이후로 진 웨이에게 답장은 오지 않았다.

그 질문에 라이 룽의 걸음이 멈췄다.

"……모른다."

조금의 침묵 뒤에 그런 대답이 돌아왔다. 백현은 방으로 들어가는 라이 룽을 지켜보다가, 이쪽을 쳐다보는 시선에 고개를 돌렸다. 아직 발도 들이지 않은 스위트룸의 거실에 사라가 서 있었다.

그녀는 두 눈에 쌍심지를 켜고 백현을 노려보았다. 백현은 그 시선에 고개를 갸웃거렸다.

"……왜 그래?"

"좋냐?"

사라가 고개를 삐딱하니 기울이며 물었다. 그 뜬금없는 질문에 백현의 얼굴이 구겨졌다.

"좋기는 뭐가?"

"호텔에 도착하자마자 다른 년들이랑 떠드니까 좋냐고."

이게 질투였구나. 백현은 이제야 깨닫고서 헛웃음을 흘렸다.

"야. 그런 거 아니니까 쓸데없는 오해는……."

"아니기는, 실실 쪼개고 좋아 죽으려 하드만. 왜? 쟤도 너보다 세서 마음에 들어?"

"내가 더 셀걸."

"어쨌든!"

사라는 뾰족한 목소리로 쏘아붙였다. 백현은 한숨을 푹 내쉬며 사라에게 다가갔다.

"침대 몇 개야?"

"……하나."

"같이 잘 거야?"

툭 던진 말에 사라의 두 눈이 지진이라도 난 것처럼 떨렸다. 그녀는 얼굴을 빨갛게 물들이고서 주춤거리며 뒤로 물러섰다.

"뭐…… 뭐? 너 미쳤……."

"야, 이상한 오해하지 말고. 그렇게 자는 거 말고, 진짜 그냥 잠만 자는 거 말이야."

말이 조금 이상했다는 것을 깨닫고, 백현은 급히 덧붙였다.

"그럼 네가 침대에서 자. 나는 저기 저, 소파에서 잘 테니까."

기대한 내가 병신이지. 사라는 작은 목소리로 투덜거리면서 입술을 삐죽 내밀었다.

[차라리 도움을 청하는 것이 낫지 않겠느냐?]

넌지시 묻는 말에 라이 룽은 대답하지 않았다. 그녀는 입고 있던 옷을 벗어 던지고서 욕실로 들어갔다.

"어떤 도움말입니까?"

[그건 네가 판단해야겠지. 진 웨이가 마지막으로 연락한 것이 바로 저 인간이었다. 어쩌면 저 인간을 통해 진 웨이를 잡을 수 있을지도 모른다.]

"……작정하고 숨으려 한 놈입니다. 그리고, 놈은 자신과 백현 사이에 대단한 의리가 없다는 것도 알고 있어요. 도움을 청하기는 했지만 별 기대는 하지 않았을 것이고, 저와 백현의 관계에 대해서도 알고 있으니…… 쉽사리 모습을 드러내지 않을 겁니다."

라이 룽은 긴 한숨을 내쉬며 욕조에 온수를 받았다. 진 웨이에 대한 일을 생각하니 머리가 지끈거렸다.

"리셀을 만날 수 있다면 좋을 텐데……."

라이 룽은 작은 목소리로 중얼거리면서 욕조에 걸터앉았다. 그녀는 물이 차는 것을 기다리며 담배를 물고 불을 붙였다.

[그 예비 사도의 성격은 알 수 없지만, 위치엔드는 신중한 군주다. 이번 일에 도움을 주겠다고 나선 것은 의외이지만, 만나기는 힘들 듯하구나.]

"그렇겠지요."

라이 룽은 필터를 잘근 씹으며 눈을 찡그렸다.

진 웨이는 예비 사도가 된 순간부터 쭉 리셀의 행방을 추격하고 있었다. 그리 열심인 것은 아니었지만, 놈도 제 발등에 불이 떨어졌으니 어떻게든 리셀을 만나고자 할 것이다.

라이 룽이 천존 토벌에 참가한 것에는 여러 가지 이유가 있었다. 어비스에서 도주한 천존은 위험한 놈이고, 천공성은 다른 사도에게 양보할 만한 것이 아니다.

그리고 좀처럼 행방이 잡히지 않던 리셀이 이 토벌에 관여했다. 만에 하나라도 이 토벌에 참가해 리셀을 만날 수 있다면. 만날 수 없더라도, 리셀을 추격하고 있는 진 웨이가 이 일에 모습을 드러낸다면…….

'아니, 아니야. 놈이 병신도 아니고. 내가 자기를 쫓고 있다

는 것을 뻔히 아는데…… 여기 올 리가 없지.'

라이 룽은 타들어 간 담배를 퉤 뱉었다. 그러곤 일어서서 거울을 보았다.

그녀의 몸에는 큼직한 상처가 새겨져 있었다. 자칫하면 목숨을 앗아 갔을, 커다란 상처였다. 지금이야 아픔이 전혀 느껴지지 않지만, 이게 새겨졌을 당시의 끔찍한 고통은 좀처럼 잊을 수가 없었다.

죽이진 않겠소.

몸이 갈기갈기 찢기는 고통 속에서 들었던 목소리.

손속이 조금 과했는가? 후후, 오라버니의 권속이여. 원망보다는 죽일 수 있음에도 죽이지 않은 자비를 생각해 주시오. 그리고 착각하지도 마시오. 본녀가 그대를 죽이지 않는 것은, 오라버니를 신경 써서가 아니라…… 오늘은 살계를 열지 않겠노라 맹세하였기 때문이니.

까득.

라이 룽은 소리 내어 이를 갈았다.

방으로 돌아온 카르파고는 소파에 털썩 앉았다. 그는 마시다 만 위스키 글라스를 다시 잡았지만, 내용물을 입에 털어 넣기 전에 곰곰이 생각에 잠겼다.

'어떻게?'

모르겠다. 아무리 생각해 보아도, 놈이 어떻게 '헤루샤'의 은신을 눈치챌 수 있었던 것인지 도저히 알 수가 없었다.

카르파고는 고개를 들어 주변을 살폈다.

이 방 어딘가에 헤루샤가 은신해 있다. 하지만, 그걸 알고 있음에도 카르파고는 그녀가 어디에 있는 것인지 전혀 알 수가 없었다.

카르파고는 글라스를 잡은 모습 그대로 일어섰다.

"헤이."

눈으로는 보이지 않는다. 감각을 곤두세워 다시 한번 살펴보지만, 여전히 어디에 있는지 모르겠다. 그런데. 백현 그놈은 어떻게 헤루샤가 은신한 것을 간파한 걸까. 놈에게 으스러졌던 손이 이제 와서 욱신거리는 것만 같았다.

"너. 있는 거 맞아? 사실 없는 거 아니야?"

가슴 속이 펄펄 끓는 것 같았지만, 카르파고는 그걸 내색하지 않으며 말했다.

말이 끝나고 얼마 지나지 않아 카르파고의 표정이 굳었다. 불과 몇 걸음 떨어진 곳의 공간이 일렁거리더니, 새카만 부르카로 전신을 감싼 여인이 모습을 드러냈다.

카르파고는 눈가를 가리고 덮은 망사 너머를 노려보았다.

"무슨 일이십니까."

헤루샤가 무뚝뚝한 목소리로 물었다. 카르파고는 잠시 아무런 말도 하지 않고서 그녀를 노려보았다.

끓는 속을 달래기 위해 글라스의 술을 비웠지만, 오히려 속이 더 끓는 것만 같았다.

"……어떻게 된 거야?"

치밀어 오르는 짜증을 억누르며 물었다. 하지만 헤루샤라고 해서 마땅한 대답을 알고 있는 것은 아니었다.

그녀는 잠시 카르파고를 응시하다가, 고개를 가로저었다.

"모르겠습니다."

"일부러 기척을 흘린 건 아니고?"

빠직.

글라스가 박살 났다. 카르파고는 손안에서 으스러진 유리파편을 쥐었다 펴며 내뱉었다.

"나 엿 먹이려고? 아니면 이 관계가 ×같다고 항의하는 거냐?"

"……제가 왜 그런 일을 하겠습니까?"

성난 목소리로 쏘아붙이는 말에 헤루샤가 고개를 깊이 숙이며 말했다.

"당신은 제 주군이시며, 전 노예일 뿐입니다. 제가 어찌……."

"그건 군주 간의 관계지."

손안에 있는 유리 파편이 우수수 떨어졌다.

"암막의 주인과 혈사자 간의 주종 관계가 사도에게까지 이어졌으니, 내심 ×같아 할 수도 있는 것 아니야?"

"불만을 느낀 적은 없습니다."

헤루샤가 더욱 깊이 몸을 숙였다. 뭐라 항변도 하지 않는 헤루샤를 보며 카르파고는 빠득 이를 갈았다.

잠시 그녀를 노려보던 카르파고는 자리에 털썩 앉았다.

"……일부러 기척을 흘린 것도 아니다. 그런데 놈이 어떻게 알아차린 거야?"

"……그건 저도 잘 모르겠습니다. 사실 가장 놀란 것은 주군이 아니라 저였습니다. 그 한국인은 정확히 제가 있는 곳을 짚어냈으니까요."

하긴, 그런 상황이라면 숨어 있는 당사자가 가장 크게 놀랄 수밖에 없다.

암막의 주인. 그 군주는 사도나 예비 사도를 두지 않은 것으로 알려져 있다. 하지만 그것은 어디까지나 표면적으로 알려진 사실에 지나지 않는다.

헤루샤는 협회에 등록되어 있는 헌터가 아니다. 그녀는 흔히들 말하는 '고스트', 등록되지 않은 불법 헌터다. 그런 조건이 암막의 주인의 권능들과 딱 맞아떨어지게 어울렸다.

"지켜볼까요?"

"……아니."

카르파고는 새로운 글라스에 위스키를 부으며 말했다.

"네 은신을 간파한 놈이야. 네가 더 몸을 숨긴다고 해도, 어쩌면 알아볼지도 몰라. 괜히 들쑤시는 것보다는 얌전히 찌그러져 있는 편이 낫겠지."

"네."

카르파고의 대답에 헤루샤가 고개를 끄덕거렸다. 그녀가 말한 대로, 이 관계에서 헤루샤는 노예일 뿐이었다. 주군이 시키지 않는 일은 하지 않는다.

헤루샤는 고개를 푹 숙이고서 아까와 마찬가지로 공간의 틈에 몸을 숨겼다.

기척을 완전히 지워내며, 헤루샤는 마지막으로 카르파고를 보았다. 짜증 가득한 얼굴로 위스키를 붓는 그를 보며 헤루샤의 손끝이 움찔 떨렸다.

[암막의 주인이 당신을 노려봅니다.]

그녀는 입술을 잘근 씹었다.

저녁은 호텔 레스토랑에서 먹었다. 때깔부터 고급스러운 지중해 요리가 나왔는데, 사라는 몸집에 안 맞게 참 많이도 먹었다.

주변의 헌터들이 쌓이는 빈 접시를 힐긋거렸지만, 사라는 개의치 않았다.

“……맛있냐?”

“그저 그래.”

그저 그렇다고 말한 것치고는 참 많이도 먹는다. 처음 먹어 보는 음식이라는 것에 의의를 둔 모양이다.

백현은 쉬지 않고 포크와 나이프를 움직이는 사라를 보며 와인을 홀짝였다. 이것도 꽤 비싼 와인이겠지만, 선계에서 물리도록 마셨던 취공의 술에 비하면 떫고 시큼한 물에 지나지 않았다.

새로 나온 음식이 바닥을 보일 즈음, 테이블에 모여 식사를 하던 헌터들이 웅성거렸다. 그들은 먹던 것을 내버려 두고서 일어서더니, 당황한 표정으로 레스토랑 밖으로 뛰어나갔다.

“무슨 일이래?”

“누가 왔다는데?”

목소리들이 워낙 급해서 제대로 알아들을 수가 없었다. 백현은 호기심 어린 눈으로 헌터들의 등을 쳐다보았다.

사라는 냅킨으로 입가를 한 번 닦고, 와인으로 입가심을 한 뒤에야 자리에서 일어섰다.

"다 먹었어?"

"응, 다 먹었어."

의미 그대로의 말이었다. 사라는 레스토랑에서 제공하는 모든 메뉴를 하나씩, 그것도 남김없이 싹싹 다 먹어버렸다.

백현은 만족스러운 얼굴을 한 사라와 함께 레스토랑을 나와, 1층 로비로 나왔다. 그곳에는 협회의 헌터들 뿐만이 아니라, 호텔 최상층을 차지하고 있는 사도들 전원이 모여 있었다.

카르파고와 가장 먼저 시선이 마주쳤다.

그의 뒤편에는 여전히 알 수 없는 누군가가 은신하고 있었는데, 아까와 비교해서 은밀함이 더해져 있었다.

카르파고는 백현을 한 번 쳐다보고서 다시 고개를 돌렸다.

라이 룽과 발렌시아 사이에는 노골적인 적의가 감돌고 있었고, 그 때문인지 둘은 서로 멀찍이 떨어져 있었다.

그리고, 드레이브. 참가했다고는 들었지만, 호텔에 와서는 첫 만남이다. 드레이브는 백현과 사라를 보고서 살짝 고개를 숙였다.

그의 시선은 잠깐 동안 사라에게 머물렀고, 사라는 눈썹을 찡그리며 드레이브를 노려보았다.

"무슨 일이에요?"

백현은 한국 협회 소속의 이승환에게 다가갔다. 카르파고,

드레이브와는 친한 사이도 아니고, 라이 룽와 발렌시아 사이에 비집고 들어가기에는 둘 사이의 분위기가 좋지 않았다.

"……리셀이 왔습니다."

그 말에 백현도 놀란 표정을 지었다. 리셀은 이 토벌에 직접 참가하지 않겠다고 이미 선을 그은 인물이다. 그런 리셀이 왔다고 하니, 헌터들이 당황해할 만도 했다.

호텔 문이 열렸다. 운동화를 질질 끌고 들어온 리셀은 오랜 비행 탓인지는 모르겠지만, 굉장히 피곤해 보였다. 눈 밑에는 다크서클이 진했고, 피부는 창백해 병자를 연상시켰다. 머리도 정돈되지 않고 마구잡이로 기른 데다, 지저분하게 헝클어져 있었다.

"……이미지가 꽤 다르네요."

백현도 리셀의 얼굴은 사진으로 본 적이 있었다. 위치엔드의 예비 사도가 되기 이전의 모습이라지만, 리셀의 사진은 웹서핑만 하면 쉽사리 구할 수 있다.

사진 속의 리셀은 화사한 미소를 짓고 있었는데, 지금 눈앞에 있는 리셀은 그런 미소의 흔적조차 남아 있지 않았다.

"오."

커다란 캐리어를 끌고 들어오던 리셀은, 걸음을 멈추고서 앞을 둘러보았다. 그녀는 모여 있는 헌터와 사도들을 보며 킬킬거리며 웃었다.

"욕심 많은 버러지들이 잔뜩 모여 계시는군요."

대뜸 쏟아낸 매도에 다들 아무런 말도 하지 못했다. 그녀는 자신이 만들어낸 침묵에 만족스러운 미소를 짓더니, 다시 캐리어를 끌며 걷기 시작했다.

"오, 오지 않는다고 하시지 않았습니까?"

"내가 그렇게 말했을 때만 해도 난 이곳에 오지 않아도 되었지만, 상황은 언제나 변하는 법이에요. 이 등신아."

리셀은 말을 건 헌터에게 그렇게 쏘아붙여 주었다. 그녀는 끌고 있던 캐리어를 넘기더니 홱 손을 뻗었다.

"내놓으세요."

"예?"

"내 방. 카드 키. 안 줘요?"

"자, 잠시. 얘기가 되어 있지 않아서……."

"남는 방은 넘칠 것 아니에요?"

말문이 막힌 헌터가 후다닥 데스크로 뛰어갔다. 리셀은 혀를 끌끌 차며 헌터의 등을 쳐다보다가, 홱 고개를 돌렸다.

백현과 리셀의 눈이 마주쳤다. 마주친 순간, 리셀은 눈썹을 찡그리며 백현을 한 번 노려보았다.

"리……."

"닥치세요."

라이 룽이 입을 열며 한 발 앞으로 나섰다. 하지만 그녀가 리셀의 이름을 부르기도 전에, 그녀는 홱 고개를 돌리며 라이 룽을 노려보았다. 그 싸늘한 응대에 라이 룽의 말문이 막혔다.

"너한테 박힌 저주는 그 누구도 풀이할 수 없어요. 진 웨이, 그 새끼의 위치는 나조차도 알 수가 없고요."

라이 룽의 눈동자가 파르르 떨렸다. 자신의 사정을 설명하지도 않았는데, 리셀은 이미 모든 것을 알고서 저리 말하고 있었다.

"꽤 기대한 모양이지만, 내가 이곳에 왔다고 하여 네 상황은 조금도 변하지 않아요. 나로 하여금 진 웨이를 낚아 올리고 싶다면, 킬킬! 나보다는 놈의 모자람에 기대해야죠."

리셀이 비웃으며 말했다. 그녀는 헌터에게서 카드 키를 받고서 빙글 몸을 돌렸다.

"따라오셔요."

"예……?"

카드 키를 갖다준 헌터가 얼떨떨한 대답 소리를 냈다. 리셀은 한심하단 눈초리로 그를 쳐다보며 말했다.

"너희 말고요. 저기 저, 욕심 많은 사도님들 말이에요."

"저희는 왜……?"

"사냥감에 대한 이야기는 사냥꾼이 먼저 들어야죠. 니들이 사냥꾼은 아니잖아요? 사도들만으로 도모하기에는 대중들에게 어필이 부족하니까, 일단 머릿수를 채운 것뿐이지. 아 그래도, 이따가 브리핑은 따로 해줄 테니까 걱정 마시고요."

리셀은 그렇게 말하며 엘리베이터로 향했다. 카르파고가 큰 소리로 웃으며 리셀의 뒤를 따랐고, 드레이브도 별 반응을 보이지 않고 움직였다.

라이 룽은 아랫입술을 잘근잘근 씹으며 리셀을 쳐다보았다.

"저주?"

그녀의 곁을 지나며 발렌시아가 키득거리며 웃었다. 라이 룽은 뿌득 이를 갈면서 리셀의 뒤를 따랐다.

"저 여자, 뭐라고 한 거야?"

"사도들 보고 따라오래."

영어를 알아듣지 못하는 사라가 물었다. 백현도 회화 수준이 대단치 않은지라 모든 이야기를 듣지는 못했지만, '진 웨이'에 대한 언급과 저주 등, 어느 정도 끼워 맞추기 식으로 이해는 할 수 있었다.

"근데 넌 안 가도 돼?"

"난 사도가 아니잖아."

"이봐!"

어깨를 으쓱이며 대답한 순간이었다. 엘리베이터에 탄 리셀이 빽 하고 소리를 질렀다.

"안 오고 뭐 하세요?"

"……저요?"

이쪽을 향한 삿대질에 백현은 두 눈을 동그랗게 떴다. 리셀은 닫혔다가 열리는 엘리베이터 문 너머에서 헛웃음을 흘렸다.

"너도 사냥꾼이잖아요?"

헌터가 뭐 어쨌다는 거야? 백현은 리셀의 말을 좀처럼 이해할 수가 없었지만, 일단 부르는 대로 엘리베이터에 타긴 했다.

"눈치 없기는. 어련히 움직이셨어야지."

"사도만 오라고 했으면서."

"넌 사도는 아니지만, 사도만큼 강하잖아요? 당장 여기 있는 사도 중에서 너보다 강한 놈은 없을 텐데요?"

리셀이 이죽거렸다.

그 말에 엘리베이터 안의 공기가 돌변했다. 번들거리는 문짝으로 카르파고와 라이 룽이 눈을 빛내는 것이 비쳤다.

"뭘 그렇게 노려보세요? 내가 뭐 이상한 말을 한 것도 아니고."

"듣기 좀 거북한 말이기는 하잖아? 듣는 놈들이 다 ×밥인 것도 아니고."

"누가 너보고 ×밥이래요?"

띵동.

엘리베이터 문이 열렸다. 리셀은 앞을 가로막고 있는 카르파고를 밀치면서 밖으로 나갔다.

"쓸데없이 자존심 높은 것은 혈사자를 똑 닮았네요."

"……뭐?"

"그래도 혈사자는 자기 주제 파악은 제대로 할 줄 알았는데.

어째 너는 주제 파악도 제대로 할 줄 모르세요?"

리셀은 그렇게 투덜거리면서 방문 앞에 카드를 가져다 댔다.

"하긴. 혈사자는 마룡왕이나 템페스트 같은 미친놈들한테 처맞았었는데. 너는 아직 누구한테 안 처맞아봤죠? 그래서 모가지가 그렇게 빳빳한가?"

카르파고는 아무런 말도 하지 못하고 입을 쩍 벌렸다. 리셀은 캐리어로 문을 밀어 열고서 안으로 들어갔다.

"너, 너…… 뭐냐?"

카르파고가 더듬거리며 물었지만, 리셀은 피식 웃기만 할 뿐 대답하지 않았다.

그녀는 문밖으로 머리를 쏙 내밀며 말했다.

"뭐해요? 안 따라 들어오고."

리셀의 언동에 모두의 표정이 돌변했다. 그녀가 하는 말은 '예비 사도'답지 않았기 때문이다. 그렇다면 사도다운가? 아니, 사도라고 한들 저런 언동이 허락되는 것은 아니다.

카르파고의 머릿속에서 혈사자가 침묵했고, 용성군은 큰 관심을 보였다. 퓨어세인트조차도 신경을 곤두세우고 리셀을 쳐다보았으며, 아이언메이드도 큰 흥미를 보였다.

"통역 아티펙트 있죠? 일단 그것부터 좀 꺼내봐요."

리셀이 발렌시아를 가리키며 말했다. 지목당한 발렌시아는 두 눈을 끔벅거리며 리셀을 쳐다보았다.

통역 아티펙트? 물론 가지고 있다. 하지만 리셀이 통역 아티펙트의 존재를 어떻게 안단 말인가?

이건 상용화한 물건도 아니고, 발렌시아가 자신의 편의를 위해 들고 다니는 물건일 뿐이다.

"뭐해요? 꺼내라니까. 안 뺏어 갈 거니까 걱정하지 말고요."

"……어떻게 안 거야?"

발렌시아는 혼란스러운 목소리로 중얼거리며 주머니에 손을 집어넣었다. 그녀는 목걸이 형태를 한 통역 아티펙트를 꺼내 리셀에게 건네주었다.

"너 등신이세요? 말 잘 통하는 나한테 그거 줘서 뭐 하게? 여기서 말 못 알아듣는 새끼가 둘 말고 더 있어요?"

쏘아붙이는 말에 발렌시아의 입술이 푸들거리며 떨렸다. 그녀는 리셀을 노려보다, 통역 아티펙트를 하나 더 꺼내서 백현과 사라에게 나눠주었다.

"잘 들려요?"

리셀은 소파에 앉아 다리를 꼬았다. 샤나크와 정수아를 제외한 모든 사도가 모여 있는 이곳에서, 상황을 주도하는 것은 바로 그녀였다.

사라는 깔끔하게 들리는 리셀의 말에 두 눈을 동그랗게 떴다.

"우와."

"생긴 건 외국인이면서 영어도 못 하다니. 놀고먹기만 하지 말고 공부를 하란 말이에요, 공부를.”

리셀의 독설은 사라에게도 쏘아졌다. 사라의 얼굴이 싸늘하게 식었다. 백현은 사라가 날뛸까 봐 재빨리 그녀의 손을 잡아주었다.

“……혹시 위치엔드십니까?”

쭉 침묵하고 있던 드레이브가 입을 열었다.

카르파고와 라이 룽도 내심 그러지 않을까 짐작하고 있었다. 리셀이 예비 사도라지만, 그건 크게 상관없다. 강신은 ‘어떻게’ 하느냐가 중요한 것이다.

군주의 힘을 끌어내기 위해서는 예비 사도의 그릇으로는 부족하겠지만, 단순히 의식만을 강신시키는 것은 예비 사도도 충분히 감당할 수 있다.

게다가, 리셀이 예비 사도라는 것은 몇 년 전의 일. 리셀의 행적에 대해서는 그 누구도 파악하지 못하고 있었고, 그 사이에 리셀이 정식 사도가 되는 것도 충분히 일어날 법한 일이다.

하지만. ‘저건’ 강신이 아니다. 지금 앞에 있는 리셀에게는, 강신 특유의 기질이 전혀 느껴지지 않았다.

“그럼 누구겠어요?”

리셀의 한쪽 입꼬리가 씰룩거리며 올라갔다.

“내가 단순한 인간. 리셀 클로레스에 지나지 않는다면, 잘난 사도들을 모아두고서 이런 태도를 취할 수 있겠어요?”

"……강신하신 겁니까?"

"마음대로 생각하세요. 내가 그것까지 친절하게 알려줄 입장은 아닌 것 같은데요? 지금 그게 중요한 것도 아니고."

리셀은 킬킬 웃으며 고개를 흔들었다.

"너희들이 여기 온 건 각자의 욕심 때문이잖아요? 천존의 천공성. 놈이 신격을 상실한 이상, 그 이동 성역은 '성역'으로서의 가치는 잃게 되겠지만…… 키킥! '주인'이 바뀐다면 그거야 큰 문제가 되지 않는 거고. 다들 눈이 뒤집힐 만도 하죠."

그 이죽거림에 반응을 보이는 사람은 아무도 없었다. 부정할 필요가 없는 말이기 때문이다.

카르파고, 드레이브, 라이 룽, 발렌시아. 이곳에 모인 사도들 전원이 천공성을 탐내고 있다.

"어디 보자. 하나, 둘, 셋…… 넷……."

리셀이 손을 들어, 방 안에 모인 인원수를 세기 시작했다.

"……다섯…… 여섯……."

"일곱."

일곱이라는 말에 카르파고의 눈썹이 움찔 떨렸다.

덧붙인 것은 백현이었다. 리셀을 빼고, 방 안에 있는 것은 백현과 사라를 포함해서 여섯이다. '보이는 사람'의 숫자는 그렇다.

일곱이라는 말에 다른 사람들이 재빨리 주변을 살폈다.

"……일곱?"

"내가 괜한 말을 했나? '그렇게' 하고 싶으면 여섯으로 해. 내가 헛소리를 했어."

백현은 피식 웃으며 자신의 입술을 찰싹 때렸다. 이미 늦었다. 백현이 뿌린 씨앗은 각자의 마음에 의심이란 이름으로 뿌리를 내렸다.

'한 명 더 있다.'

그런 일이 가능한 것은 한 명뿐이다. 암막의 주인. 사도를 두지 않은 것으로 알려진 그 군주가…….

라이 룽과 드레이브, 발렌시아의 눈이 카르파고를 향했다.

그들은 섬기는 군주를 통해서 암막의 주인이 혈사자를 주군으로 모신다는 것을 전해 들었다. 만약 이곳에 암막의 주인의 사도가 몸을 숨기고 있다면, 그와 연관이 있는 것은 카르파고뿐이었다.

"맞아, 일곱이죠."

리셀이 깔깔 웃었다. 그녀는 재밌다는 듯이 백현을 쳐다보았다.

"이렇게 많은 사도가 한자리에 모인 것은 유례가 없는 일이죠. 각자 자기 욕심을 앞세우고 있다지만, 일단은 협력하셔요."

"욕심?"

드레이브가 피식 웃었다.

"위치엔드여. 착각하지 마십시오. 전 자신의 욕심을 위해 이곳에 있는 것이 아닙니다. 천존은 인류에 큰 위해를 끼치는 재앙입니다. 그러니……."

"개소리하지 마세요."

리셸이 손을 들어 드레이브의 말을 가로막았다.

"넌 스스로를 정의로운 신의 사자라고 생각하고 있을지 모르겠지만, 그건 네가 뒤집어쓴 가면에 지나지 않잖아요? 섬기는 신에게조차 '신다운' 프레임을 씌워대는 주제에."

"무슨 말을……!"

드레이브가 벌떡 일어섰다. 하지만 리셸은 멈추지 않고 말을 이었다.

"뭐, 그 점에는 퓨어세인트와 잘 맞긴 하네요. 혈사자도 그렇고, 다들 사도를 자기랑 어느 정도 닮은 녀석으로 골랐나 봐. 자신의 욕심을 위해 온 게 아니라고? 낄낄! 그래요, 너는 천공성보다는 천존을 죽임으로써 얻을 명예를 더 탐내고 있겠죠. 그 모든 것이 퓨어세인트가 고파하는 신앙이니까요."

앉으세요. 리셸이 손가락을 까딱거렸다. 드레이브는 이를 악물고서 리셸을 노려보았다. 하나 리셸은 드레이브에게 시선 하나 주지 않았다.

드레이브는 뿌득 이를 갈고서 자리에 앉았다. 그의 머릿속에서 소곤대는 퓨어세인트의 목소리 때문이었다.

"여기서 욕심 운운하는 말에 자유로울 수 있는 건, 저기 저 둘 뿐이에요. 알았어요? 그리고 내가 왜 이런 말을 하는 것 같아요?"

리셀은 손을 들어 백현과 사라를 가리키며 말했다.

그건 맞는 말이었다. 백현이 이곳에 온 것은 천존을 패고 싶어서였지, 천공성이나 공명심 같은 것에 욕심이 나서가 아니었다. 그리고 사라는 그냥 지중해를 보고 싶어서 따라 왔을 뿐이다.

"오지 않으려고 했던 내가, 왜 여기까지 직접 온 것 같아요?"

침묵이 감돌았다. 다들 상황을 파악하는 것에 주력할 뿐, 리셀의 질문에 대답하려 들지 않았다.

아니, 눈앞에 있는 것은 리셀이 아닌, 13 군주 중 하나인 위치엔드였다.

"상황이 바뀌어서."

"맞아요. 그건 바로 너 때문이죠."

백현이 대답했고, 리셀은 코웃음을 치며 손끝을 들어 백현을 가리켰다.

"본래 여기 왔어야 하는 것은 재생의 뱀의 예비 사도였다고요. 난 정수아가 이곳에 왔음을 상정하고서 '오라클'을 썼는데, 정수아 말고 네가 와버린 탓에 상황이 바뀌었단 말이에요."

"……오라클?"

발렌시아의 입이 살짝 벌어졌다.

"그건 하이로드의……."

"내가 뺏었어요. 몰랐어요?"

"……아니, 그럴 거라고 예상은 했지만, 직접 들으니 좀 놀랍네."

그 말에 리셀이 히죽 웃었다.

"덕분에 하이로드가 끈질기게 날 쫓고 있지만, 오라클이라면 그런 귀찮음을 감수할 가치가 있는 권능이죠."

"내가 와서 상황이 바뀌었다는 것은 알겠는데. 그래서, 좋게 바뀌었다는 거예요, 나쁘게 바뀌었다는 거예요?"

"그건 너희 하기에 따라 달렸죠."

백현은 고개를 갸웃거리며 리셀을 쳐다보았다. 이걸 어떻게 설명해야 한담? 리셀은 작은 목소리로 중얼거리며 턱을 어루만졌다.

"내 입으로 설명하는 것보다, 너희가 직접 보는 게 빠르겠죠?"

리셀이 손을 들어 올렸다. 어느새 그녀의 손에는 가공할 마력이 응집되어 있었다.

빨라도 너무 빠르다. 사도들은 당황하여 몸을 일으켰고, 리셀은 킬킬거리며 그들을 비웃었다.

"쫄지 마요. 너희 죽이려는 거 아니니까."

리셀이 주먹을 쥐었다.

파앗!

마력이 폭발하며 화려한 빛을 내뿜었다. 수많은 풍경이 연속적으로 빠르게 스쳐 지나갔다. 널따란 스위트룸의 벽이 사라졌다. 창밖은 해가 저물어 어두웠는데, 어느새 커다란 태양이 떠올라 세상을 환히 밝혔다.

파도치는 소리가 시끄러웠다. 아래를 보니, 그곳에는 바닥 대신에 드넓은 바다가 펼쳐져 있었다. 가까운 곳에 백사장이 보였다. 산토리니의 백사장이 아니다. 어딘가의 섬. 항구 하나 없는…… 무인도?

"우와."

사라가 탄성을 질렀다. 백현은 고개를 들어 앞을 보았다.

끝없이 펼쳐진 바다와 하늘, 그 어딘가에, 풍경과 전혀 어울리지 않는 구조물이 하나 떠 있었다. 천공성. 누구 하나 설명해 주지 않았지만, 백현은 저것이 천공성임을 알 수 있었다.

하나 천공성은 엉망이었다. 성벽은 구멍투성이에 군데군데 무너져 있었고, 튀어나온 포신도 대부분이 박살 나 있었다.

시커먼 연기를 내뿜는 천공성은, 아주 천천히 고도가 떨어져 가고 있었다. 추락하는 것이다. 굳게 닫혀 있어야 할 성문은 찌그러져 박살 났지만, 그 안의 모습은 보이지 않았다.

"이건……?"

"오라클로 예측한 미래."

리셀이 느릿한 목소리로 말했다.

"오라클은 하이로드가 애지중지하던 권능이에요. 이 권능은, 쉽게 말하자면 조건에 맞는 미래의 일부를 예측해 보여줘요. 물론, 이

미래가 '반드시' 일어나는 것은 아니에요."

"결국, 일어날 법한 미래라는 것 아닌가?"

"너희가 이 미래의 조건대로 행동하면요."

리셀의 말이 끝난 순간이었다.

-꽈아앙!

커다란 폭음이 하늘을 뒤흔들었다. 그 소리의 근원지는 천공성의 내부였다. 누군가가 성벽을 박살 내며 튀어나왔다.

천존이 아니다.

"엥?"

그건 백현이었다.

뒤따르듯 튀어나온 것은 카르파고였다. 놈은 시뻘건 오러를 전신에 두르고서, 혈사자에게 하사받은 아신검 바알을 휘둘렀다.

그 순간, 조금 늦게 따라 나온 사라가 고함을 지르며 카르파고의 뒤를 덮쳤다. 하지만 사라의 공격은 카르파고의 뒤편에서 나타난 누군가에 의해 가로막혔다.

'헤루샤.'

카르파고의 얼굴이 뻣뻣하게 굳었다. 헤루샤와 사라가 하늘에서 뒤엉켜 싸움을 벌이기 시작했다.

카르파고가 악을 쓰며 백현을 공격했다. 하나 놈이 휘두르는 대검은 백현에게 제대로 닿지 않았다.

-꽈앙!

천공성의 성루가 터졌다.

-오오오오.

거대한 용이 울부짖었다. 무너지는 잔해 속에서 비틀거리며 일어선 것은 라이 룽이었다. 그녀는 왼팔이 어깻죽지부터 뜯겨 있었는데, 몇 걸음 걷지 못하고 그 자리에 주저앉아 버렸다.

라이 룽의 근처에는 발렌시아와 비서가 사지가 뜯긴 모습으로 죽어 있었다. 그 광경을 본 발렌시아가 헉하고 숨을 삼켰다.

그 옆에, 천존이 있었다. 놈은 사지가 잘리고서 고개를 푹 숙이고 있었다. 조금씩 어깨가 들썩거리는 것을 보아, 아직 죽지 않은 듯했다.

허리 아래부터 끊어진 드레이브가 엉금엉금 기며 천존에게 다가갔고, 주저앉은 라이 룽이 드레이브를 향해 떨리는 손을 뻗었다.

"개판이죠?"

리셀이 킬킬거리며 웃었다.

-크악!

단말마의 비명. 카르파고는 입술을 뿌득 씹으며 눈을 부릅떴다.

카르파고의 가슴이 으깨지고 있었다. 백현은 싸늘한 눈으로 카르파고의 심장을 쥐어 터뜨린 후, 바들거리며 몸을 떠는 카르파고의 귓가에 작은 목소리로 소곤거렸다.

-안 봐준다고 했잖아.

카르파고는 자신도 모르게 주먹을 쥐었다.

"이렇게 된다고요."

리셀이 짝 손뼉을 쳤다.

화악!

풍경이 사라졌다. 스위트룸으로 돌아온 리셀은 소파에서 몸을 일으켰다. 그녀는 경악한 사도들을 둘러보며 말했다.

"너희 대부분 다 죽거나 병신 된다고요."

리셀은 그렇게 말하고서, 손가락을 들어 백현을 가리켰다.

"재만 빼고요."

7장
쓸데없이

"말도 안 돼."

자리에서 벌떡 일어난 발렌시아가 믿을 수 없다는 표정으로 중얼거렸다.

조금 전에 보았던 시체. 팔다리가 뜯어져 죽어 있던 시체.

발렌시아는 아랫입술을 잘근 씹었다. 반드시 일어날 미래는 아니라고 했다. 하지만 일어날 가능성이 있는 미래가 처참한 죽음이라는 것은 결코 유쾌하게 받아들여지지 않았다.

"너만 죽는 것도 아니잖아요."

리셀이 코웃음을 치며 말했다.

"이 미래에서 죽는 것은 너 말고도 많아요. 봤다시피, 카르파고도 죽어요. 네가 애지중지하는 비서도 죽고요. 드레이브?

몸이 반으로 잘리고도 숨이 붙어 기어 다니기는 하는데. 아, 끝까지 보여주지 않았었죠? 결국, 쟤도 죽어요."

드레이브의 얼굴은 딱딱하게 굳어 있었다. 그 역시 말은 하지 않았지만, 발렌시아와 똑같은 기분을 느끼고 있었다.

'죽는다고?'

꽉 쥔 주먹에서 핏줄이 돋았다.

"천존에게 기어가던 드레이브를 라이 룽이 죽여 버리고, 그 사이에 기력을 회복한 천존이 라이 룽을 죽이죠. 그다음에는 어떻게 될 것 같아요? 결국, 죽지도 않고 병신이 되지도 않은 건 저 둘…… 아니, 셋. 그중 하나는 그대로 전장을 이탈해 버리고요."

리셀이 말한 '하나'가 누구인지. 고민하는 사람은 아무도 없었다. 이름도 모르는 '암막의 주인'의 사도. 그녀는 카르파고의 죽음 이후 곧바로 전장을 이탈해 버린다.

"라이 룽을 죽인 것이 천존의 마지막 발악이었어요. 그 뒤에, 천존은 쟤한테 죽죠. 결국, 최후의 승자는 사도가 아닌 저 녀석이라는 거예요."

사도들의 시선이 백현에게 향했지만, 백현은 아무런 말도 하지 않았다. 그는 잠시 턱을 어루만지다가 카르파고를 쳐다보았다.

백현과 눈이 마주치자, 카르파고의 어깨가 움찔 떨렸다.

"그렇다네?"

툭 던지듯 말했다.

"하려면 제대로 하라고 했었잖아. 괜히 어쭙잖게 해버리니까 이렇게 되는 거 아니야."

"……하하!"

카르파고는 짧은 웃음을 터뜨렸다.

"맞아. 하려면 제대로 해야 했는데. 좋은 참고가 됐어."

"할 말은 그것뿐이야?"

라이 룽이 고개를 돌려서 카르파고를 노려보았다. 말은 다 하지 않았지만, 그녀가 무엇을 요구하는지는 명확했다.

카르파고는 어깨를 으쓱거리며 말했다.

"저런 식으로나마 봤는데도 확인이 필요한가?"

"어."

"너무 뭐라고 하지는 마. 응?"

나와. 카르파고가 중얼거렸다. 그러자 그의 뒤편에서 헤루샤가 모습을 드러냈다.

백현을 제외한 사람들이 헉하고 숨을 삼켰다. 이곳에서 헤루샤의 은신을 간파하고 있었던 것은 오직 백현뿐이었다.

"나도 최근에야 손에 쥐게 된 패야. 알잖아?"

라이 룽은 헤루샤를 물끄러미 쳐다보았다. 저 말은 사실일 것이다. 적어도, 연리운과의 싸움에서 카르파고는 헤루샤를 뒤에 두고 있지 않았을 것이다. 만약 그랬더라면…….

'난 여기 없었을지도 몰라.'

아무리 라이 룽이 강하다지만, 카르파고를 상대하면서 사도 하나를 감당할 정도는 못 된다. 그때 카르파고가 헤루샤와 함께 있었다면, 백현도 그 평야에서 죽었을 것이다.

"그리고 크게 놀랄 일도 아니잖아, 그치? 암막의 주인과 혈사자가 주종 관계라는 것은 너희들이 섬기는 군주들도 잘 알고 있을 텐데?"

"그게 설마 지금까지 이어질 줄은 몰랐던 겁니다."

드레이브가 중얼거렸다.

"10년 전에야 군주들이 어비스를 직접 활보했고, 비교적 나약했던 암막의 주인이 혈사자를 주군으로 모신 것은 이상한 일이 아니었죠."

"애당초 혈사자와 암막의 주인은 같은 차원의 신격이다. 그들의 주종 관계는 훨씬 오래됐어."

"외차원에 성역을 만들고 거기에 존재가 묶여 있는데, 참 대단한 충성심이군."

라이 룽이 이죽거렸고, 카르파고는 피식 웃었다.

"지금 그게 중요한 건 아니잖아? 저런 끔찍한 미래를 보았으니, 어떻게 해야 그 미래를 피할 수 있을지 생각해야 하는 것 아니겠어?"

카르파고는 능글거리는 말투로 화제를 바꾸었다.

맞는 말이다. 암막의 주인의 사도가 여기에 있다는 것이 의외이긴 했지만, 당장 중요한 것은 저 끔찍한 미래를 피하는 것에 있다.

"……당신이 직접 여기에 왔다는 것은."

라이 룽은 고개를 돌려 리셀을 쳐다보았다. 리셀은 히죽거리며 웃고 있었다.

"저 미래에 대해서 경고해 주기 위함이겠지요. 당신은 우리가 죽는 것을 원치 않는 겁니까?"

"한 둘이면 모를까, 사도 전원이 죽는 것은 좀 그렇죠."

리셀이 팔짱을 끼며 대답했다.

"너희 정도 되는 사도를 쉽사리 만들 수 있는 것도 아니고."

"우리의 죽음을 바라지 않는 이유가 뭡니까?"

"위협의 대비책은 많을수록 좋은 것 아니겠어요?"

"도와주지 않을 건가 보죠?"

백현이 물었다. 리셀이 즉시 고개를 끄덕거렸다.

"내가 왜 도와줘요? 경고도 안 해주려다가 해줬는데. 난 말이에요, 귀찮은 것은 질색이에요. 가급적이면 어비스에 엮이고 싶지도 않고요."

"……누구야?"

발렌시아가 거친 목소리로 말했다.

"그래서 누가 날, 아니, 우리를 죽인 건데?"

"네가 말하는 '우리'는 죽은 모두를 말하는 건가요, 아니면 너와 비서 둘을 말하는 건가요?"

리셀이 이죽거리며 물었지만, 발렌시아는 두 눈을 부릅뜰 뿐 대답해 주지 않았다.

그럴 줄 알았다는 듯이 리셀이 킬킬거리며 웃었다.

"너무 흥분하지 말고 진정하셔요. 누가 널 죽였냐고요? 뭐, 알려주지 못할 것도 없죠. 그러려고 온 거니까."

천존.

"너는 욕심이 많았어요. 천존이 맹공을 견디지 못해 휘청거린 순간, 너는 천존을 죽이기 위해 달려들었어요. 멍청하게도 말이에요. 멍청하게도 낚인 너는 천존의 반격에 노출되었고, 네가 애지중지하는 비서는 널 지키다가 먼저 죽었죠. 넌 또 병신 같이 눈깔이 뒤집혀서 덤비다가 따라 죽었고요. 결국, 사이좋게 개죽음이에요."

발렌시아의 입술이 푸들거리며 떨렸다.

"……천존에게 죽기 전에, 내 허리가 끊어져 있었습니다. 난 왜 그렇게 된 겁니까?"

"드레이브. 내가 솔직하게 말하면 넌 좀 민망해질 텐데, 괜찮겠어요?"

"……예?"

"아, 네 민망함을 내가 신경 쓸 바는 아니군요. 넌 라이 룽의 뒤통수를 쳤어요."

드레이브는 황당하단 표정을 지었고, 라이 룽은 홱 고개를 돌려 드레이브를 노려보았다.

"라이 룽의 왼팔을 자른 게 바로 너라고요. 사실 거기서 라이 룽을 죽일 수도 있었는데, 상황이 안 좋았죠. 네가 왼팔을 자른 순간에 라이 룽은 천존을 압박하고 있었고, 네 병신 짓으로 천존이 압박에서 벗어났어요. 달려든 백현이 네 몸을 걷어차 버렸고, 천존의 공격이 네 허리 아래를 날려 버린 거예요."

"……내가 그랬다고……?"

드레이브가 믿을 수 없다는 목소리로 중얼거렸다.

"그게 네 본성이에요, 알겠어요?"

리셀이 킬킬 웃었다.

"그나마 뒤통수를 치지 않은 것은 라이 룽이기는 한데, 그렇다고 네가 잘한 것은 아니에요. 넌 발렌시아의 죽음을 막을 수 있었지만 그걸 방조했거든요. 뭐, 크게 네 잘못이 있는 것은 아니죠. 누구나 ×같은 상대는 하나쯤 있는 거잖아요?"

"난……."

"합리화하지 말고요. 자, 그리고 다음은 카르파고, 너죠? 너는 꽤 오래 참았어요. 발렌시아가 죽고, 드레이브가 반토막 나고, 라이 룽이 힘이 빠져 주저앉고."

리셀의 말이 이어졌다. 지목당한 카르파고는 입을 다물고

귀를 활짝 열었다. 그는 미래의 자신이 '왜' 실패하였는지, 그 패인을 확실히 알고 싶었다.

"상황이 그렇게 될 때까지, 너는 꽤 많은 힘을 보전하고 있었어요. 확실한 승자가 되기 위해서요. 사실 타이밍은 최고였죠. 멀쩡한 것은 걔들뿐이었고."

리셀이 백현과 사라를 가리켰다.

"충분히 할 만한 상황이었어요. 드레이브랑 라이 룽은 죽어가고 있었고, 넌 누구에게도 들키지 않은 비수 하나를 숨기고 있었으니까요. 그런데 말이에요. 문제는 걔가 네 생각보다 훨씬, 너무, 강했다는 거예요."

"그거 칭찬이죠?"

백현은 멋쩍은 미소를 흘리며 뒤통수를 긁었다.

"맞아, 칭찬이에요. 불쌍한 카르파고는 나이스 타이밍에 뒤통수를 쳤지만, 너한테 심장이 터져 죽었어요. 저기 저, 닥치고 있는 걔는 카르파고가 죽자마자 도망쳐 버렸고요. 결국, 넌 최후의 승자가 되어 천존의 모가지를 뽑아버렸죠."

짝짝.

리셀이 박수를 쳤다.

"개판이죠?"

계속 박수를 치면서 리셀은 활짝 웃었다.

"이 개판의 교훈이 뭘 거 같아요? 니들은 다 병신이라는 거예요. 제 욕심에 눈이 멀어서 안 죽어도 될 상황에 뒈져 버렸고, 자기 혼자 차지하겠다고 서로 연쇄적으로 뒤통수치다가 결국 이 꼴이라고요. 웃긴 건 정작 뒤통수친 새끼들은 다 죽고, 가만히 있던 재가 차려진 밥상의 주인이 되었다는 거예요."

"그런 밥상은 별로 먹고 싶지 않은데."

"네가 바라지 않았어도, 이 조건에서 가장 일어날 가능성이 큰 것은 저 미래예요."

"무조건 일어나는 것도 아니라면서요?"

"가능성이 가장 크니까 내가 여기에 와서 너희한테 말하는 거겠죠, 이 병신아?"

쏘아붙이는 말에 백현은 쩝 입맛을 다셨다.

"물론. 너희가 이 미래를 직접 보게 되었으니, 이 미래는 절대로 일어나지 않을 거예요. 너희가 병신이 아닌 이상 자기가 죽을 미래를 답습하진 않을 테니까요."

"그 바뀐 미래는 예측할 수 없습니까?"

"오라클은 그렇게 편리한 권능이 아니에요."

드레이브의 질문에 리셀이 끌끌 혀를 찼다.

"오라클을 사용할 수 있는 것은 한 번뿐이에요. 이 '루트'의 미래는 이미 한 번 예측했기 때문에, 오라클을 다시 사용할 수는 없어요."

"루트는 또 뭡니까?"

"쉽게 말하자면 운명의 흐름이죠. 인과율이라고 말해도 좋고. 예측하기 위해서는 어떻게든 권능자인 내가 그 운명에 한 발 걸치고 있어야 하고. 무조건 일어나는 것도 아니기는 하지만 너희가 직접 보았으니, 저 미래는 절대로 일어나지 않아요."

"그렇다면……."

발렌시아가 반색하여 입을 열었다. 하나 그녀가 말하기 전에, 리셀이 냉큼 끼어들어 발렌시아의 말문을 틀어막았다.

"그렇다고 너희가 절대로 안 죽는 것은 아니에요. '저렇게' 죽지 않는다뿐이지."

그 단호한 말이 무거운 침묵을 불러왔다. 발렌시아는 꽉 쥐고 있던 손을 펼쳤다. 그녀의 손은 식은땀으로 축축하게 젖어 있었다.

'내가 죽는다고?'

가슴이 쿵쾅거리며 뛰었다. 그녀는 그런 미래, 자신의 죽음을 절대로 받아들일 수가 없었다.

발렌시아는 이곳에 데리고 오지 않은 비서를 떠올렸다. 사지가 뜯겨 죽은 비서를 떠올리며 발렌시아는 파리하게 질린 입술을 씹었다. 내가 죽는다고 해도 그 아이만은, 아니, 의미가 없다. 발렌시아가 죽으면 비서도 함께 죽는다.

"……토벌에 참여하지 않는다면. 죽음은 피할 수 있겠……."

"그 경우는 모르겠는데, 결국 네 선택이죠. 천공성을 포기하고 물러서던가. 죽을지도 모르지만 참가하던가. 어쩌면 너희들 중 누구 하나가 빠지면 토벌 자체가 실패할지도 모르는 일이고요."

리셀은 그렇게 말하며 몸을 일으켰다.

"내가 너희에게 해줄 수 있는 경고는 여기까지예요. 각자 어떻게 할지. 그건 너희 스스로 생각해 보셔요. 이런 미래를 보았는데도 크게 변하지 않는다면, 그건 뭐……."

일그러진 미소가 스쳐 지나갔다.

"인간이 쓰레기인 걸까, 너희가 유별난 쓰레기인 걸까? 아직 어디로 떠날지 정하지는 않았지만, 내가 탈 비행기에서 즐길 사색거리는 되겠네요."

"……마지막으로 하나만."

라이 룽이 머뭇거리며 입을 열었다.

"만약 정수아가 대신 왔더라면. 그 상황은…… 어떻게 되었던 겁니까?"

"참고삼아 듣는 편이 나으려나?"

리셀이 고개를 갸웃거리며 중얼거렸다.

"그 상황에서의 예측은, 일단 넌 죽어요."

"예?"

라이 룽의 입이 벌어졌다.

"그리고 정수아도 죽고요. 왠지 알아요? 천존이 자폭해 버리거든요. 너희는 천존을 몰아붙이지만, 놈을 확실하게 죽일 만큼의 결정력이 부족했고, 천존은 자존심을 빳빳이 세우다가 너희 좋은 꼴 못 본다고 천공성과 함께 쾅, 터져 버려요. 반경을 벗어나지 못한 너랑 정수아는 죽고…… 아, 발렌시아의 비서도 죽네요. 드레이브는 말브론으로 목숨을 건지고, 카르파고 넌 드레이브 뒤에 찰싹 달라붙어서 살아요. 어때요? 차라리 그런 미래가 좋은 거예요?"

좋을 리가 없었다.

"저런 미래가 나온 것은요, 니들한테 꽤 많은 여유가 생겼기 때문이에요. 재들이 정수아 대신 오면서 천존을 확실히 몰아붙일 화력이 갖춰져서, 너희가 딴생각할 수 있게 된 거죠."

리셀의 이야기는 거기까지였다.

"오늘은 푹 자세요."

리셀이 손을 휘휘 흔들었다.

"내일 정오 넘어서 출발할 거니까요."

쫓겨나듯 방 밖으로 나왔지만, 다들 리셀의 방문 앞을 떠나지 못했다.

발렌시아는 초조한 표정으로 손톱을 잘근잘근 씹었고, 드레이브는 깊은 생각에 잠겨 턱을 어루만졌다. 라이 룽도 멍한 눈으로 리셀의 방문을 바라보았다.

"……서로 약속이라도 해야 하나?"

카르파고가 쓱 주변을 둘러보며 입을 열었다.

"뒤통수치지 않기로 말이야."

"네 말을 믿으라고?"

라이 룽이 내뱉자, 카르파고는 껄껄 웃음을 터뜨렸다.

"싫으면 말고. 정 죽는 게 불안하면, 아예 토벌에서 빠지지 그래? 천공성은 얻을 수 없겠지만, 목숨 보전은 확실히 할 수 있을 것 아냐?"

"여기까지 와서 물러설 것 같아?"

발렌시아가 내뱉었다. 그녀는 라이 룽을 한 번 노려보고서, 홱 몸을 돌렸다.

쾅.

발렌시아가 자기 방문을 닫는 소리가 크게 들렸다.

"조심할게."

라이 룽도 드레이브를 지나치며 말했다. 드레이브는 쓰게 웃으면서 고개를 내저었다.

"가능성에 지나지 않는다고 하였는데."

그는 변명처럼 중얼거리며 자신의 방으로 돌아갔다. 리셀의 방문 앞에는 백현과 사라, 카르파고, 헤루샤만이 남았다.

쭉 입을 다물고 있던 헤루샤가 카르파고의 뒤편에서 사라졌다.

"신기하네."

헤루샤의 은신은 눈에도 안 보일뿐더러 감각에도 잡히지 않는다. 오직 심안으로만 파악할 뿐. 그마저도 정확하게 볼 수 있는 것이 아니다.

"저거도 권능이야?"

"크."

웃으며 묻는 말에, 카르파고가 고개를 돌려 백현을 쳐다보았다.

"무조건 일어나지 않을 미래라지만, 좀 ×같네."

"그래? 나 같으면 쪽팔릴 것 같은데."

카르파고의 중얼거림에 백현은 너털웃음을 터뜨렸다.

"결국, 내 말대로 됐잖아."

백현은 여전히 웃는 얼굴로 카르파고를 향해 손을 뻗었다.

"그래도 말이야. 난 괜찮으니까, 너 하고 싶으면 해도 돼."

카르파고는 입꼬리를 씰룩거리며 백현이 뻗은 손을 노려보았다.

"네가 어떻게 하든 간에, 나는 네가 치는 뒤통수 맞고 안 죽을 자신이 있거든."

"……크흐!"

카르파고는 꽉 눌린 웃음을 토해내며 백현의 손을 맞잡았다.

"그러니까 잘 좀 해봐."

카르파고가 힘을 주어 백현의 손을 잡았다. 하지만 맞잡은 백현의 손은 미동도 하지 않았다. 카르파고의 목에 핏대가 섰다.

"쓸데없이 힘 빼지 말고 병신아."

백현은 꽉 쥐어오는 카르파고의 손을 흔들며 실실 웃었다.

"차라리 지금 죽여 버리지그래?"

방으로 돌아온 사라가 뚱한 표정으로 물었다.

"그 명분이라는 것도 생겼잖아. 언제 뒤통수 칠지 모르는 놈인데, 안 죽일 이유가 있어?"

"그 새끼 표정 봤어?"

백현은 소파에 앉아 맥주 캔을 뜯었다. 아까 바에서 챙겨 온 맥주였다.

"아주 열받아 죽으려고 하던 표정 말이야. 재밌지 않아?"

"……재밌어?"

이해할 수 없다는 표정으로 되묻는 말에, 백현은 맥주를 쭉 들이켰다.

"크으."

뻥 뚫리는 청량감에 기분 좋은 소리가 절로 났다.

"저렇게 된 이상, 뒤통수를 치려 하면 아주 제대로 마음먹고 칠 것 아냐. 자기 × 되는 걸 직접 보기도 했고."

"그러다가 제대로 맞으면 어쩌려고?"

"뒤통수는 모르고 맞아야 아픈 거야. 때릴 걸 알고 맞으면 안 아파."

"세게 맞으면 알고 맞아도 아플걸."

"그럼 맞기 전에 내가 더 세게 때리면 돼."

사라가 총총걸음으로 다가와 백현의 맞은편에 앉았다.

백현은 격공섭물로 냉장고를 열고, 캔 맥주 하나를 꺼내 사라에게 가져다주었다.

"그때 그 새끼가 어떤 표정을 지을지 궁금해서 그래."

사라는 어이가 없어서 백현을 쳐다보았다. 조금 멀쩡해졌나 싶었는데, 저 자식은 여전히 미친놈에 인간성이 뒤틀려 있었다.

하긴, 멀쩡한 인간이라면 도원경에서 여자를 그렇게 두들겨 패지는 않았겠지.

'그래도 많이 나아졌어. 이렇게 챙겨주기도 하고.'

꼬시고 말 테다. 사라는 다시 한번 결의를 다지며 캔 맥주를 뜯었다.

"꺅!"

부글거리며 끓는 거품이 위로 튀어 올랐다.

사라는 놀란 소리를 내며 캔 맥주의 입구를 입으로 틀어막았다. 백현은 그걸 보며 낄낄 웃었다.

격공섭물로 느릿하게 가져오는 것 같았지만, 그 와중에 내공을 써서 캔 안의 내용물을 엉망으로 흔들어놓았다. 그건 엄청난 수준의 내가기공이 받쳐줘야 가능한 일이었는데, 백현은 그걸 고작 유치한 장난질에 사용한 것이다.

"이 개새끼!"

입술 주변에 맥주 거품을 잔뜩 묻힌 사라가 고함을 지르며 백현에게 맥주 캔을 집어 던졌다. 물론 그 맥주 캔은 백현의 얼굴 앞에서 멈춰 버렸다. 사라는 분한 표정으로 주먹을 꽉 쥐었다.

맥주 캔이 허공에 멈춰서 부르르 떨렸다. 사라의 내가기공 수준도 대단하긴 했지만, 맥주 캔을 더 전진시키지는 못했다.

"좀 져주면 꿉냐?"

"응."

실실 웃으며 한 대답이 더 얄미웠다.

사라는 부글거리며 끓는 속을 삭이며 입가에 잔뜩 묻은 거품을 손등으로 닦았다. 아니, 닦으려고 했다. 순간 떠오른 옛 드라마의 명장면만 아니었다면 별생각 없이 닦아버렸을 것이다.

"……너. 거품 키스라고 알아?"

"침으로 거품이 날 만큼 격하게 해서 거품 키스인가?"

"더러운 새끼……!"

고개를 갸웃거리며 한 말에 사라는 얼굴을 구기며 내뱉었다.

'……그거도 꽤…….'

침으로 거품이 난다는 건 더럽지만, 그만큼 격하다는 것은.

사라는 괜스레 뺨을 물들이며 손등으로 입가의 거품을 벅

벅 문질렀다. 혹시 모르는 일이니, 자기 전에 양치질을 열심히 해야겠다는 생각을 하면서.

"푹 자라고 했잖아요."

리셀은 질겅질겅 껌을 씹고 있었다.

조금 전 샤워를 마친 것인지 머리는 물기에 푹 젖어 있고, 아무것도 입지 않은 나신은 가운 하나 걸치지 않은 채 침대에 누이고. 그런 무방비한 모습으로, 갑작스레 찾아온 손님에게 투덜거렸다.

라이 룽은 아무런 말도 하지 않고 리셀을 쳐다보았다.

노크도 없이 공간을 열고 들어왔다. 리셀의 방은 결계 하나 쳐져 있지 않았다.

"뭐, 올 거라고 생각은 했지만요. 너도 여러 가지로 급할 테니까."

"강신이 아니군요."

라이 룽은 리셀을 쳐다보며 말했다. 그 말에 리셀은 킬킬 웃으면서 상체를 일으켜 자리에 앉았다.

"그걸 이제 알았어요?"

아니. 이것으로 완전한 확신을 얻었을 뿐이다.

'위치엔드'는 리셀에게 강신해 있는 것이 아니다. 강신은 쉽사리 이뤄지는 것도 아니다.

장시간의 강신은 사도에게 어마어마한 부담을 준다. 정식 사도에게 의식만 강신시키는 것도 긴 시간 유지하는 것은 불가능하다. 특히 군주의 신격에 따라 강신은 어마어마한 부담이 된다.

괜히 리셀이 보여준 미래에서, 라이 룽과 카르파고, 드레이브가 강신도 쓰지 못하고 죽은 것이 아니다. 쓸 수 없는 상황. 감당이 안 될 만큼 소모되었단 뜻이겠지.

"그건 당신의 권능입니까? 아니면……."

"누구의 권능이었는지는 까먹었네요."

침대에 널브러져 있던 리셀이 고개를 들며 말했다.

"내가 어비스에서 '빼앗은' 권능은 하이로드뿐이었지만. 어비스에 오기 전에는 참 많은 권능을 빼앗았거든요. 누구였더라? 뺏은 놈이 너무 많아서 떠올리기도 힘드네요. 어쩌면 내 오리지널일지도 모르고요."

위치엔드.

저 군주는 독특한 마법의 군주다.

어비스의 군주 중에 마법의 권능을 가진 군주는 많다. 위치엔드는 그 군주 중 '가장' 뛰어난 마법 군주는 아니었으나, 이것 하나는 틀림없었다. 어비스의 마법 군주들은 위치엔드와

맞서는 것을 그 무엇보다 두려워했다.

저 군주는 '마법'에 속하는 모든 권능을 빼앗아 자신의 것으로 삼을 수 있다. 위치엔드에게 한 번 권능을 뺏기면, 본래 권능의 주인조차도 그 권능을 사용하는 것이 불가능했다.

진 웨이가 리셀을 추격하던 이유가 바로 그 때문이었다. 하이로드는 과거 어비스에서 위치엔드에게 권능을 빼앗겼고, 아직 찾지 못했다.

"진짜 리셀은 어떻게 된 겁니까?"

"여기 있잖아요?"

리셀은 손을 들어 자기 얼굴을 가리켰다.

"불쾌한 착각은 하지 말아줄래요? 누가 보면 내가 리셀의 의식을 잡아먹은 줄 알겠어."

리셀은 그렇게 투덜거리면서 침대에서 일어나 앉았다.

"내가 리셀이고, 위치엔드인 거예요. 서로 사이좋게 공생하는 식이죠."

"리셀이 그걸 바란 겁니까?"

"남의 집안 사정에 뭐 그리 관심이 많으실까? 아니, 관심을 보이는 건 용성군인가? 그 거대한 몸뚱이를 좁아터진 외차원에 박아두고 있으니 좀이 쑤신대요?"

그럴 만도 하지. 신격의 거대한 크기에 비해 외차원은 너무나 작다. 고작 몇 년이라고는 하지만, 꼴랑 며칠을 좁아터진 독

방에 들어가 있어도 정신이 돌아버리는 것이 사람이다.

신격이라고 해서 크게 다를 것은 없다. 수백 년에서 수천 년. 그 긴 세월을 살아온 신격들이 가장 경계해야 할 것은 우습게도 긴 세월 동안 쌓인 광기(狂氣)다. 그걸 표출하지도 못하고 좁은 외차원에 갇혀 있으니, 자유가 그리울 수밖에.

"하지만 알려줘 봤자, 용성군은 할 수 없는 일이에요. 리셀이 바랐느냐고? 서로가 바랐죠. 모두가 만족하고 있고요. 그러니까, 하지도 못하는 일에 욕심내지 말라고요. 남의 집안 사정에 관심 두지도 말고. 그럴 여유도 없을 텐데? 집안 사정이 개판 난 것은 용성군 쪽 아니던가요?"

"……도와주십시오."

라이 룽은 긴 한숨을 내쉬며 고개를 숙였다.

"당신의 도움이 필요합니다. 위치엔드 님."

"리셀."

리셀은 고개를 저으며 라이 룽의 호칭을 정정했다.

"나는 리셀이라고요."

"……리셀 님, 부디."

"안 된다고 분명히 말했을 텐데요. 안 해주는 게 아니라고요. 못 하니까 안 되는 거지."

라이 룽은 입술을 잘근 씹으며 셔츠 단추를 풀어 내렸다. 리셀은 표정 하나 바꾸지 않고 그걸 지켜보았다.

딸칵.

속옷마저 풀고서, 라이 룽은 셔츠를 벗어 어깨 아래로 내렸다.

드러난 몸은 군살 하나 없이, 세밀한 근육들로 채워져 있었다. 하나 그 아름다운 몸 한복판에 큼직한 상처가 깊게 파여 새겨져 있었다. 거대한 손톱으로 긁어 내린 것 같은 상처였다.

"아팠겠네요."

리셀이 휘파람을 불며 중얼거렸다.

당연히 아팠다. 그렇게 아팠던 적은 처음이었다. 아니, 아픔보다는 굴욕감이 더했다.

전투는 짧았으나, 잃은 것이 너무나 많았다. 신비경의 사신수 중 무영호(武英虎) 유가가 마룡왕의 손톱에 찢겨 죽었고, 영갑귀(永鉀龜) 자오는 치명상을 입었다.

라이 룽도 죽을 뻔했다. 마룡왕의 손톱이 조금만 더 깊이 들어갔다면, 즉사했을 것이다. 자화봉 해사리의 불길은 대부분의 상처를 치유하지만, 마룡왕에게 입은 상처는 라이 룽의 몸에 커다란 흉터를 남겨놓았다.

"……도와주십시오."

라이 룽은 다시 한번 말했다.

마룡왕의 손톱이 남긴 것은 흉터뿐만이 아니었다. 손톱이 가장 깊게 할퀴었던 곳. 라이 룽의 가슴 한복판은 시커멓게 변색되어 있었다. 마룡왕이 남긴 저주다.

그녀는 살계를 열지 않겠다 말한 것을 지켰다. 라이 룽이 마룡왕과 맞닥뜨리고서 목숨을 부지할 수 있었던 것은, 마룡왕이 자신이 한 말을 지켰기 때문이었다.

그러나 지독하게도, 마룡왕은 라이 룽에게 지워지지 않을 저주를 남겼다.

저주의 내용은 간단했다. 하이로드의 권속을 데리고 올 것. 마룡왕은 '언제까지'라고 말하지 않았지만, 그녀가 남긴 저주는 조금씩 라이 룽의 몸을 좀먹고 있었다.

"몇 번을 부탁한들 내 대답은 똑같아요."

리셀이 쯧쯧 혀를 찼다. 그녀는 침대에서 몸을 일으켜 라이 룽에게 다가갔다. 쭉 뻗은 손이 라이 룽의 상처를 훑었다.

라이 룽은 아랫입술을 잘근 씹으며 흉터를 스쳐 올라오는 리셀의 손을 내려 보았다.

리셀은 저주의 근원인 흉터의 중심을 손으로 짚었다.

"도와주고 싶어도, 난 진 웨이의 위치를 알 수 없어요. 내가 하이로드에게 빼앗은 권능은 오라클뿐이라서요."

"하지만 당신은…… 천존의 위치를 파악하지 않았습니까?"

"그건 광범위한 탐색 마법의 응용일 뿐. 이거로도 진 웨이의 위치는 파악할 수 없어요. 하이로드의 권능은 숨고자 한다면 그 누구도 찾을 수 없을 정도로 꼭꼭 숨을 수 있으니까요."

무덤덤한 선고에 라이 룽의 눈동자가 파르르 떨렸다.

"흠."

리셀은 두 눈을 가늘게 뜨고서 라이 룽의 저주를 살폈다.

"뭐 그래도 다행인 것은, 저주의 진행이 빠르지 않다는 거네요."

"어떻게 방법이 없겠습니까?"

"못 하는 걸 자꾸 해달라고 하니 참 난감하네요. 이 저주는 마법이나 술법에 속하지도 않는다고요. 그러니까 손을 댈 수가 없는 거고. 아니면 차라리 드레이브한테 부탁해 보는 게?"

그 말에 라이 룽은 꾹 입을 다물었다. 아차차. 리셀이 호들갑을 떨며 라이 룽의 가슴에서 손을 뗐다.

"하긴, 마냥 아군도 아니니 도와달라고 하는 것도 좀 그런가? 그래도 뭐, 너무 실망하지는 말아요. 퓨어세인트라고 해서 마룡왕의 저주에 뭔가 방법이 있는 것은 아닐 테니. 신성 마법…… 푸훗! 개 새끼에 줄무늬를 새긴다고 고양이가 될까?"

키득거리며 웃던 리셀은 손바닥을 툭툭 털면서 다시 침대에 앉았다.

"내 얼굴에 금칠하는 것 같기는 한데, 나도 마법이라는 권능으로 신격을 따낸 만큼의 보는 눈은 있어요. 이 저주는 어떤 마법사도 풀이할 수 없어. 마룡왕 본인 외에는 말이에요. 뭐어, 굳이 가능성이 있는 군주를 꼽자면 역천자 정도일까? 그 군주는 마도의 술로서 정점을 이뤘으니까요. 어쩌면 내가 모르는 해주법을 알지도 모르겠지만……."

라이 룽의 얼굴이 암담하게 변했다. 군주 중에서 가장 신비하다는 역천자를 찾느니, 차라리 진 웨이를 찾는 것이 쉬울 것이다.

“도와줄 수 없어서 미안하네요. 그래도 아주 절망적이지는 않잖아요? 저주의 진척은 굉장히 느리니까 시간도 충분하고. 내가 여기에 있으니 진 웨이 그 머저리가 나타날지도 모르는 일이고요.”

“……만약에. 저주가 끝까지 진행되면 어떻게 되는 겁니까?”

이미 답은 알고 있었지만, 라이 룽은 실낱같은 희망에 기대어 그렇게 질문했다.

리셸은 헛웃음을 흘리며 손을 위로 들어 올렸다.

“뻔한 걸 뭘 물어봐요?”

리셸의 손이 목 언저리를 그었다.

“끽, 뒈지는 거죠.”

아무 일도 없었다.

아침 해와 함께 눈을 뜬 사라는 이골이 났다는 표정으로 소파에 퍼질러 누워 있는 백현을 쳐다보았다.

그 긴 밤 동안, 정말 아무 일도 없었다. 양치질도 깨끗이 했는데, 정말 아무 일도.

'……하긴. 다를 게 뭐야?'

같은 방에서 잤다지만, 애초에 같은 집에서 사는 사이다. 한 지붕 아래에서 지내는 동안에도 아무 일이 일어나지 않았는데, 장소가 호텔로 바뀌었다고 해서 다른 일이 일어날 거란 기대를 한 것이 웃기는 일이다.

"어휴."

사라는 한숨을 푹 내쉬며 이불을 발로 찼다.

침대에서 내려온 그녀는 창가로 다가가, 넓게 저 먼 곳까지 펼쳐진 바다를 쳐다보았다. 햇빛 아래에서 잔잔히 흐르는 바다를 보고 있으니 가슴이 뭉클해졌다.

이전 세계에서 그녀는 단 한 번도 바다를 본 적이 없었다. 처음 본 바다는, 벌써 몇 번을 보았지만…… 아름다웠다.

"바닷물은 되게 짜."

사라의 등 뒤에서 그런 목소리가 들렸다.

고개를 돌리니, 소파에 앉은 백현이 하품을 하고 있었다.

"눈에 들어가면 엄청 맵고."

"……뭐라는 거야?"

"보기는 예쁜데, 그게 다라는 거야. 생각해 봐. 바다에 사는 생선들이 똥오줌을 화장실 가서 싸겠냐? 바다에서 싸지. 저 예쁜 바다는 엄청 많은 물고기의 똥오줌 물인 거야."

"아가리 좀 닥쳐줄래?"

사라가 주먹을 부르르 떨며 말했다. 백현은 쩝 입맛을 다시며 소파에서 일어섰다.

"너무 감동하지 말라고 일부러 이렇게 말하는 거야."

"……별로 감동 안 했거든?"

사라는 입술을 삐죽 내밀며 다시 창밖을 보았다. 물고기들의 똥오줌 물이라는 말이 머릿속을 맴돌았다.

"세상에는 저런 거 말고 예쁘고 멋진 거 많아."

백현은 배를 벅벅 긁으며 사라에게 다가왔다.

"그러니까 조금 아껴두란 말이야."

"……꼭 같이 가줄 것처럼 말한다?"

"못 가줄 것도 없잖아."

쿠웅.

사라의 가슴 속에 커다란 바위가 떨어졌다.

그녀는 어깨를 바르르 떨면서 백현을 쳐다보다가, 손을 들어 자신의 입가를 감쌌다.

습, 하. 심호흡을 한 번 한 후에, 사라는 살짝 고개를 끄덕거렸다.

"……저기. 친구 사이여도 뽀뽀 정도는 괜찮지 않을까?"

"싫어."

기껏 용기 내어 물었지만, 백현은 고민도 없이 거절했다.

8장
고맙게도

호출을 받고 로비에 내려왔을 때, 시간은 이미 오전 11시를 지나고 있었다. 헌터들이 로비를 분주하게 돌아다니고 있는 것과 다르게 사도들은 로비 한쪽에 모여 앉아 있었는데, 그 모습은 여유로워 보였다.

하지만, 그것은 가장된 여유일 뿐이었다. 바로 전날에 그 처참한 미래를 보았다. 결국, 토벌 참가를 포기하고 떠난 사도는 아무도 없었지만, 모여 앉은 그들은 아무런 대화도 나누지 않고 서로에 대한 경계와 의심의 날을 세우고 있었다.

"어우, 분위기 좀 봐."

백현은 사라와 함께 빈자리에 앉으며 중얼거렸다. 무릎 위에 깍지를 끼고 있던 라이 룽이 백현을 노려보았다.

"잘 잤어?"

슬쩍 말을 걸어보았지만, 라이 룽은 대답하지 않았다.

여러 가지 생각으로 마음이 복잡했다. 오늘 죽음을 피한다 하더라도. 진 웨이를 붙잡지 못하는 이상 라이 룽은 저주에 의해 죽게 된다. 저주의 진행이 아주 느리다지만, 그건 어쩔 수 없는 초조함이 되어 라이 룽을 조급하게 만들고 있었다.

"넌 좋겠다."

발렌시아가 구겨진 미간 사이를 손으로 꾹 누르며 중얼거렸다. 비서는 그 곁에서 옅은 미소를 띠고서 백현에게 살짝 고개를 숙여 보였다. 스트레스 가득한 발렌시아와는 다르게 비서의 얼굴에는 그늘 한 점 없었다.

"뭐가?"

"안 죽으니까."

"무조건 일어날 미래도 아니라고 했잖아."

"일어날 수 있는 미래에서, 죽지 않는다는 걸 확인받았다는 게 어디야?"

"그것도 바뀌어서 이젠 아닐지도 모르지."

백현은 그렇게 말하며 카르파고를 쳐다보았다. 느긋한 얼굴로 커피를 마시던 카르파고는 백현의 시선을 느끼고 있음에도 반응을 보이지 않았다. 헤루샤는 여전히 모습을 보이지 않고, 카르파고의 뒤편에 은신하고 있었다.

“이럴 때일수록 서로를 믿어야 합니다.”

드레이브가 입을 열었다. 그는 침착한 표정으로 주변을 살폈다.

“그리고 솔직히 말해서. 위치엔드, 아니, 리셀의 말을 무조건 믿는 것도 우스운 일 아닙니까? 어쩌면 그녀가 우리에게 보여준 미래, 그 전부가 거짓일지도 모릅니다.”

“그녀가 그럴 이유가 있나?”

“당장의 우리를 보십시오. 서로 의심하고, 일어나지도 않은 미래를 경계하여 두려워하고 있지 않습니까. 그게 위치엔드의 의도라면? 서로를 의심한 끝에 결국 자멸하는 것을 바라는 것이라면? 어쩌면 위치엔드는 우리를 체스의 말로 소모한 뒤에 천공성을 탐하려는 것일지도 모릅니다.”

“꽤 흥미로운 말이야. 그래서, 근거는?”

“난 절대로 당신의 팔을 자르지 않을 거니까요.”

라이 룽의 이죽거림에, 드레이브는 세상 누구보다 떳떳한 표정으로 대답했다.

“그 어떤 상황에서도 나는 당신의 팔을 자르지 않을 겁니다, 라이룽, 아니, 당신뿐만이 아니라. 그 누구도 배신하지 않을 겁니다. 내가 이곳에 있는 것은 나 자신의 사리사욕 때문이 아닌 불안과 공포에 떠는 세상의 등불이 되어, 사려 깊은 신의 뜻을 전파하기 위해서입니다.”

드레이브는 그렇게 말하고서, 잠시 숨을 가다듬었다. 그는 가슴 앞에서 퓨어세인트를 뜻하는 둥근 원의 성호를 그렸다.

"물론 여러분은 저처럼 신의 뜻을 위해 이곳에 온 것이 아니겠지요. 그를 탓하지 않겠습니다. 하나, 우리가 진정으로 우선해야 하는 것은 개인의 욕심이 아닌 대의(大義)입니다. 누가 천공성의 주인이 될지는 모르지만, 의심보다는 협력해 천존을 토벌하는 것에 주력해야 하는 것입니다."

"훌륭해요."

드레이브의 말이 끝난 순간이었다. 호텔의 정문 쪽에서 박수 소리가 들려왔다. 그쪽에는 큼직한 로브를 입은 리셀이 서 있었다.

"자기 합리화와 이미지 메이킹을 빼면 들어줄 만했어요. 나에 대한 머저리 같은 의심도 빼고요."

"나는 당신을 믿지 않습니다."

코웃음을 치는 리셀을 보면서 드레이브는 두 눈을 가늘게 떴다. 그는 떨림 없는 목소리로 나직이 말했다.

"내가 이곳에 온 것은 신의 뜻이니, 당신이 지껄인 소리들도 신이 나를 시험하기 위한 모략이겠지요."

"네네, 마음대로 생각하세요. 그런데 말이에요, 궁금해서 물어보는 건데. 퓨어세인트가 신이라면, 그녀와 동격인 나 역시 신인 것 아니에요?"

"같은 군주라고 하지만 나에게 있어서 신은 오직 퓨어세인트 한 분뿐입니다."

드레이브가 고집스레 말했다. 리셀은 다시 한번 코웃음을 치면서 자기 뒤편을 가리켰다.

"지랄하지 말고 나오세요. 이제 슬슬 가야 하니까. 잠은 충분히 잤어요? 준비는 다 했고요? 빠트린 것이 있다면 빨리 방 가서 가져오시고요."

그렇게 이죽거렸지만, 방에 다녀오는 사람은 아무도 없었다.

호텔의 앞에는 이미 여러 대의 버스들이 준비되어 있었다.

"어디로 가는 거예요?"

"천존을 잡으러 가죠."

부산하게 움직이던 헌터들도 호텔의 앞에 모였다. 혈맹의 길드장인 이석천은 한쪽에 모여 있는 사도들을 향해 안달 난 시선을 보냈다.

그의 시선이 고정된 것은 카르파고였다. 이번 기회에 사도들, 특히 혈사자의 사도인 카르파고와 어떻게 인연을 트고 싶었는데, 아직 통성명도 제대로 하지 못했다.

같은 호텔에 투숙했고, 이석천이 한국에서 제일가는 길드의 주인이라지만, 사도들은 마치 다른 세계에 살고 있는 것만 같았다.

"놈이 어디에 있는지는 이미 파악되었어요."

커다란 버스에 탄 사람의 숫자는 딱 열 명이었다. 백현과 사라, 라이 룽, 카르파고, 드레이브, 발렌시아, 비서. 은신한 헤루샤와 리셀, 그리고 운전기사.

"산토리니에서 동남쪽. 작은 무인도가 있어요. 너희도 어제 보았던 곳이에요."

아직 일어나지 않은 미래에서.

"천존은 그곳을 은거지로 삼고 침묵하고 있어요. 배를 타고 4시간 정도 가면 보일 거고, 천존도 즉시 대응에 나설 거예요."

"천존이 도망칠 가능성은?"

"놈이 뭐가 무서워서요?"

발렌시아의 질문에 리셀이 킬킬 웃었다.

"영락했다지만 신격이에요. 도망치기보다는 건방지다고 공격을 해올 거라고요."

"그 정도로 오만할까요?"

"오만한 것이 아니라 당연한 거예요. 넌 개미 몇 마리가 덤벼든다고 도망칠 건가요? 발을 들어 짓밟지. 천존은 그런 성격이에요. 강자한테 약하고, 약자한테 강하고. 게다가 놈은 사도를 제대로 이해하고 있지도 않으니, 도망칠 가능성은 없어요."

버스가 출발했다.

"왜 놈이 그 섬에서 가만히 있던 겁니까?"

"그건 나도 모르죠. 조용한 무인도에서 느긋하게 휴가나 즐기고 있던 걸지도 모르고요. 뭐, 얌전히 있어줘서 다행인 것 아닌가요?"

"리셀 님도 같이 가시는 겁니까?"

"안 가요."

리셀은 냉큼 대답했다.

"토벌에 참가할 생각은 없다고 했잖아요? 길은 안내해 줬고, 전할 말도 다 전했어요. 그것으로 내 역할은 끝이니, 니들은 니들 알아서 할 일을 하셔요. 그러다가 뒈지면……."

이어지던 말이 잠시 멈추었다. 그녀는 천천히 고개를 돌려 창밖을 보았다. 스쳐 지나가는 산토리니의 거리는, 유명한 관광지라고는 생각할 수 없을 정도로 적막했다.

"……어쩔 수 없는 거죠. 일어날 미래가 결국 일어난 것인지. 아니면 니들이 병신이라 그렇게 되어버린 것인지. 어제도 말한 것처럼, 나로서는 몇 시간 하고 말 사색거리 하나가 생긴 것뿐이에요."

그 말을 마지막으로 침묵이 이어졌다.

사도와 헌터들을 천존이 있는 무인도까지 데려다줄 이동 수단은 항구에 정박된 강습 상륙함이었다.

전투기와 헬기가 없는 상륙함을 보고서 발렌시아는 무장이 빈약한 것 아니냐며 투덜거렸지만, 이 토벌의 주 전력은 병기가 아닌 헌터이고 사도였다.

게다가 천존은 이미 최신식 전투기 편대를 단독으로 완파시킨 전력이 있었다.

"사도가 전투기보다 빠른가?"

"하늘은 날아다니던데."

"위치도 알았는데 핵 쏘면 끝나는 것 아냐?"

"핵 쏘면 끝나냐? 쏘고도 안 뒈지면 어쩔 건데?"

상륙함에 오른 헌터들이 수군거렸다. 참가하기는 했지만, 그들로서는 이번 토벌에 부정적인 의견을 가질 수밖에 없었다. 헌터들은 천존이 어비스의 군주들과 동격이었던 존재라는 것은 알지 못했지만, 저 정체 모를 괴물은 그리스의 헌터 수백과 추격한 전투기 편대를 순식간에 몰살시킨 놈이다.

"상황이 나빠지면 공군과 해군도 개입하긴 할 거야. 별 의미는 없겠지만."

항구에서 손을 흔드는 리셀의 모습이 멀어진다.

사라는 요동치는 배 위에서 신기하다는 표정을 지으며, 멀어지는 항구와 선체에 부서지는 바다를 번갈아 보았다.

다들 몇 시간 뒤를 나름대로 상상하며 긴장하고 있었는데, 오직 사라만이 별 긴장 없이 처음 타보는 '배'를 즐기고 있었다.

"이거 크루즈는 아니지?"

"이게 어딜 봐서 크루즈야."

"하긴, 수영장도 없고. 생긴 것도 못생겼어."

사라가 진지한 표정으로 고개를 끄덕거렸다. 말하는 것을 보아하니 어지간히도 크루즈를 타보고 싶은 모양이었다.

몇 시간에 걸친 항해 동안, 협회의 헌터들은 미리 나누어둔 조를 통해 역할을 재점검했다.

수백에 달하는 헌터들은 그만큼 다양한 군주들과 계약하고 있었다. 그중에서도 특히 바쁠 수밖에 없는 것은 마법사들이었다.

그들은 하늘을 날지 못하는 헌터들에게 비행 마법을 비롯한 다양한 버프 마법을 걸어주었고, 소모된 마력은 포션을 들이키는 것으로 충당했다. 그 뒤에는 아티펙트의 점검부터 사용할 마법의 스크롤까지 준비해야 했다.

그렇다고 마법을 쓸 수 없는 헌터들이 마냥 편한 것은 아니었다. 특히 근접전에 특화된. 무령, 혈사자와 계약한 헌터들. 이 토벌전에서 사망률이 가장 높은 것이 바로 그들이었다. 그들은 동요하지 않으려 애쓰며 유서를 작성하고, 무기를 점검했다.

라이 룽은 몇 대째인지 모를 담배를 새로 물었다. 바닷바람이 내뿜는 담배 연기를 날려 버렸다.

[아무 일도 없을 게다.]

그녀의 머릿속에서 용성군이 말했다.

[아예 몰랐다면 혹시 모를 일이지만, 너는 이미 어떤 형태의 최악이 일어날지를 보지 않았느냐.]

'예.'

[나 또한 보았으니 준비할 수 있었다. 그러니, 피할 수 없는 최악이 벌어진다면 그를 막기 위해 나설 수 있단다. 마룡왕 때에는 그럴 수 없었지만……. 나의 딸아, 나는 네 죽음을 바라지 않는다.]

그 말은, 최악의 상황이 벌어지면 즉시 강신하고 나서주겠다는 뜻이었다.

라이 룽은 타들어 가는 담배의 끝을 바라보았다.

[이조차도 감당할 수 없다면 패자(覇者)를 논하는 것이 우스운 것이니라.]

혈사자의 목소리가 쩌렁쩌렁 울렸다.

[네 모자람을 내게 기대지 말지어다. 네 약함은 너의 부족함이지 내 부덕함이 아니노라. 나는 네게 힘을 주고 칼을 주었으니, 진정 패자가 되어 군림하고 싶다면 내게 받은 것을 통해 증

명해 보거라.]

혈사자는 강신을 거절했다. 크게 기대하지도 않았다. 저 정복 군주는 저런 성격이었다.

혈사자는 카르파고를 단순한 소모품으로 생각하진 않았지만, 그렇다고 해서 자신이 직접 나서가면서까지 카르파고를 보호해 주려 하지도 않았다.

아니, 더 간절히 부탁한다면 도와주겠지. 하지만 그렇게 하면, 더는 돌이킬 수 없게 된다. 무릎을 꿇고 목숨을 구걸하게 된 순간, 혈사자는 더 이상 카르파고를 자신의 후계자로 여기지 않을 것이다. 결국에는 버려지겠지.

카르파고는 뿌득 이를 갈았다.

[의심하지 마십시오.]

그 청아한 목소리가 드레이브에게는 등불이었다.

[믿으며 따르십시오. 사도여. 그대가 나아가는 길은 절대적으로 올바른 길입니다. 비난은 그대를 시기하고 타락을 속삭이는 마귀의 목소리에 지나지 않습니다.]

'알고 있습니다.'

드레이브는 무릎을 꿇고 기도했다. 저 목소리만으로 드레이브는 절대적인 믿음을 느낄 수 있었다.

[그대는 저의 등불이 되어 이 어두운 세상을 찬란히 밝힐 것입니다. 그대의 행동 모두가 신의 뜻이니, 결코 의심하지 말고 행하십시오.]

한때의 의심이 시련에 지나지 않았음을 퓨어세인트는 증명했다. 이번에 퓨어세인트는 단 한 번도 사라에게 관심을 보이지 않았다.

역시, 저 여자는 호른에서 드레이브의 믿음을 시험하고자 했던 퓨어세인트의 장치에 지나지 않았던 것이다. 드레이브는 그때 순간이나마 의심을 품었던 자신을 부끄러이 여기며, 더욱 믿음을 굳건히 했다.

[아이언메이드가 당신을 지켜봅니다.]

군주는 별말을 하지 않는다.

대수로운 일도 아니었다. 발렌시아는 아이언메이드의 예비사도이긴 했지만, 섬기는 군주에게서 신탁을 들은 적은 거의 없었다.

평소에는 그게 참 좋았다. 뭔 짓을 해도 신경 쓰지 않고 방

임하듯 내버려 두었으니. 하지만 오늘은 아니었다. 정식 사도가 되면 죽지 않을지도 모르는데. 예비 사도라지만, 죽는지 사는지조차도 별 관심을 두지 않는다는 걸까.

"괜찮아요."

비서가 발렌시아의 손을 꼭 잡았다. 발렌시아는 고개를 들어 비서를 쳐다보았다.

마주 잡은 손은 몰캉하고 따뜻했다. 자신을 바라보며 짓는 미소도, 마음을 편하게 해주는 부드러운 미소였다.

아아. 발렌시아는 탄식과 같은 한숨을 쉬며 비서의 손을 맞잡았다. 이 온기도, 살결도, 시선도, 미소도. 진짜 사람과 다를 것이 없다. 무너지듯 상체를 기울인 발렌시아는 비서의 가슴에 안겼다.

하나 아무리 귀를 기울여도 심장이 뛰는 소리는 들리지 않는다. 찰칵, 찰칵하는 기계 장치의 소리만이 들릴 뿐이다.

'부족해.'

발렌시아는 두 눈을 감았다.

백현과 사라는 같은 선실에서 명상에 잠겼다.

몇 번이고 점검했던 것들. 선계의 신선이 아닌, 타락한 신격에게 시험해 보는 것이 이제 곧. 그건 두근거리는 설렘이 되었다.

나는 얼마나 강해졌을까. 놈은 얼마나 강한 것일까. 나는 어디쯤 와 있을까.

신화경으로 가는 길은 어렴풋했고 멀다. 선계에서 길을 보았고, 걷기 시작했다. 꽤 걸은 듯했지만, 스승과의 대련은 나아가야 할 길이 터무니없을 정도로 험난하다는 것을 알려주었고, 그마저도 끝이 아님을 깨닫게 해주었다.

그게 기뻤다. 아직 갈 길이 많이 남았다는 것이.

"슬슬."

백현은 감고 있던 눈을 떴다. 그 중얼거림에 사라도 눈을 뜨고서 백현을 쳐다보았다.

"벌써?"

"응."

백현은 몸을 일으켰다.

닫혀 있던 선실의 문이 누가 열지 않았는데도 스스로 열렸다. 백현은 옷매무시를 가다듬고서 열린 문으로 나갔다.

"마중을 나왔나 봐."

일렁거리는 투기가 백현의 몸을 감쌌다.

"고맙게도 말이야."

9장
이러면 너무

널찍한 갑판에는 헌터 전원이 모여 있었다. 감도는 긴장감이 숨을 꽉 막히게 할 만큼 짙다.

준비를 마친 사도도. 처참한 미래를 보았기 때문인지, 일반 헌터들과 비교해도 덜하지 않은 긴장감이 감돌고 있었다.

모여 있는 이들의 시선은 하늘의 한 곳에 고정되어 있었다. 그리 멀지 않은 하늘. 천존은 그곳에 팔짱을 끼고 서 있었다.

이곳에 모인 헌터들은 천존을 직접 보는 것은 처음이었지만, 다들 몇 번이고 영상을 반복해 봄으로써 천존의 모습에는 익숙했다.

'저게 몬스터라고?'

영상을 보면서도 품었던 그 의문을, 헌터들은 다시금 느끼고 있었다.

천존은 인간과 다를 것 없는 모습이었다. 머리에 뿔이 난 것도 아니고, 팔다리가 흉측한 괴물을 닮은 것도 아니었으며, 덩치가 대단히 큰 것도 아니었다. 허연 머리칼을 위로 틀어 올리고, 독특한 의복을 입었을 뿐이지 놈은 사람 같은 모습을 하고 있었다.

"으흠."

하늘에 선 천존은 상륙함의 갑판 위에 모여 있는 헌터들을 보며 콧잔등을 찡그렸다.

하나, 둘, 셋……. 전부 해서 오백 정도 되려나. 천존은 그런 생각을 하며 팔짱을 풀었다.

"이번에는 그건 없는 거냐?"

천존이 입을 열었다. 그의 입에서 튀어나온 언어는 유창한 영어였다. 헌터들이 놀란 소리를 냈지만, 천존은 신경 쓰지 않고서 계속 영어로 떠들었다.

"그, 하늘을 날아다니는 철로 된 탈 것 말이다. 생긴 것은 두 날개를 쫙 편 수리 같은데, 수리보다 훨씬 빠르고 이상하리만치 비행은 유연한 데다, 쾅쾅, 투두두 하고 포탄을 쏘아내는 놈."

천존은 양팔을 휘저으며 전투기에 대해 설명했다. 하나 올려 보는 헌터들이 별 반응을 보이지 않자, 쩝 입맛을 다시며 고개를 저었다.

"죄다 벙어리들뿐인가! 아니면 이리 설명해 주는데도 뭔지 몰라 처먹는 게냐? 슝슝 날면서 쫓아오는 것이 꽤 재미있었는데. 물론 이 어르신보다 훨씬 느리기는 했다만…… 에잉, 이번에는 술래잡기의 재미를 느낄 수는 없겠구나."

"재미?"

"오오, 죄다 벙어리는 아닌 모양이로군! 그래. 재미도 재미였지만, 몇 개 가지고서 어찌 하늘을 나는 것인지 뜯어보고 싶단 말이다. 저번에는 그렇게 말랑할 것이라 생각을 못 하고, 힘 조절을 잘못해 죄다 부숴 버렸거든!"

최신식 전투기라고 해봐야 천존에게 있어서는 재미난 장난감에 지나지 않았다.

헌터들은 천존을 끔찍하단 눈으로 쳐다보았다. 그러다가 헌터 중 하나가 앞으로 나섰다.

"당신은 대체 누굽니까?"

"이 어르신이 누군지 알아서 뭐 하려고?"

"다, 당신은 대화를 나눌 정도의 충분한 지성을 가지고 있습니다. 그렇다면 우선 대화를……."

"껄껄! 인간이 개미의 말을 한다고 하여 개미와 친구가 될 수 있다고 생각하느냐? 아! 어쩌면 친구가 될 수 있을지도 모르겠구나. 개미나 인간이나 결국 거기서 거기인 것이니. 하지만, 이 어르신이 인간의 말을 한다고 하여 너희와 친구가 되는 일은 결코 없다."

오만한 웃음을 토하던 천존이 손을 들었다.

끼릭.

공간이 열리며 큼직한 포신이 모습을 보였다. 천존의 만면에 미소가 번졌다.

"그래도 몇 놈은 살려서 보내줄까. 돌아가서 그 재미난 탈 것을 잔뜩 데리고……."

"야."

웃으며 떠들던 천존의 말이 끝나기도 전이었다. 백현은 인파를 훌쩍 뛰어넘어, 그들의 머리 위로 날아올랐다.

천존은 말을 멈추고 백현을 쳐다보았다. 그의 두 눈이 크게 떠졌다.

"넌……."

"알아봐 주니 고맙네."

백현은 히죽 웃었다.

얼굴 기억했다는 말. 그것도 기억이 나기는 했지만, 보다 확실하게 기억나는 것은. 그 뒤에 마룡왕에게 당한 굴욕들이었다. 짓밟는 발에 꽉 눌려서 버둥버둥…….

'어떻게 살아온 거지?'

떠올린 굴욕에 대한 분노. 그다음에야 백현이 죽지 않았다는 것에 의아함을 느꼈다.

'조금 얕았었나?'

아니, 그게 무슨 상관이란 말인가? 지금 다시 죽여 버리면 되는 일이다.

천존의 얼굴에서 웃음이 사라졌다. 이곳에는 저놈을 아끼는 마룡왕도 없으니, 천존이 신경 쓸 일은 무엇 하나 없었다.

“놈. 죽을 자리를 찾아왔구나!”

천존은 그렇게 외치면서 백현을 죽이고자 마음먹었다. 그러자 허공에 튀어나와 있던 포구에 빛이 모여들었다. 그걸 본 백현의 얼굴에 웃음이 번졌다.

“응.”

참 이상하게도 대답이 가까이서 들려왔다.

백현의 질풍신뢰가 ‘어떻게’ 펼쳐지는 것인지 본 사람은 아무도 없었다. 사도와 헌터들을 눈으로 삼은 군주들만이 백현의 이동을 감지했고, 그마저도 마지막에야 보았을 정도였다.

천존은 아예 감지하지도 못했다. 저런 움직임을 상상하지도 못했기 때문이었다.

“허윽!”

천존은 코앞에 나타난 백현을 보고서 펄쩍 뛰었다. 놈이 거리를 벌리기도 전에 백현의 손이 앞으로 튀어나갔다.

빠악!

일장이 천존의 가슴을 때렸다. 천존은 뒤로 쭉 밀려나며 급히 포격을 쏘았다. 그 빛은 백현뿐만이 아니라 바다의 상륙함까지 겨냥하고 있었다.

하지만 포격이 사출되기도 전에, 백현의 발이 포신을 위로 걷어차 버렸다.

콰아앙!

굵은 빛줄기가 하늘 높이 쏘아졌다.

"뭐, 뭐야!"

뭐 이렇게 빠르단 말인가? 천존의 상체가 뒤로 꺾였다. 그의 허리에는 어느새 아라크네의 은사가 휘감겨 있었다.

천존은 영문도 모르고 은사가 당겨지는 대로 백현에게 되돌아왔다. 백현은 주먹을 단단히 쥐고서 천존이 날아오는 것을 기다렸다.

"어억!"

휘두른 펀치가 천존에게 처박혔다. 쩍 달라붙는 손맛이 찰지다. 하지만 잃었다 해도 신격은 신격인지, 꽤 힘을 주어 때렸음에도 천존은 죽지 않았다.

그는 입에서 피를 주룩주룩 흘리면서도 팔을 휘저어, 자신의 몸에 묶인 은사를 끊어내고 말았다.

그 순간. 시간이 한 번 멈추고, 이어 붙인 것만 같았다.

그렇게 느껴질 정도로 천공성의 출현은 부자연스러웠다. 탁 트인 바다와 하늘, 그 모든 풍경에 어울리지 않는 거대한 천공성이 나타난 순간. 얻어맞고 날아가던 천존의 몸이 우뚝 멈췄다.

"……크륵!"

천존은 입안 가득 찬 피거품을 뱉어냈다. 뒤섞인 분노와 살기를 담은 눈이 끔찍한 안광을 내뿜었다.

"이놈!"

쩌렁쩌렁한 고함이 세상을 뒤흔들었다. 천존을 중심으로 거대한 폭풍이 생성되며 바다가 요동쳤다.

"그렇게 가버리면 어떡해!"

사라가 큰 소리로 투덜거리며 백현의 곁으로 날아왔다.

"선빵 필승이라는 말도 몰라?"

백현은 그렇게 대답하면서 힐긋 아래를 보았다. 갑판 위의 헌터들은 백현의 너무 빠른 움직임에 아직까지도 어안이 벙벙해 있었고, 사도들 역시 상황을 보느라 선불리 움직이지 않고 있었다.

"제기랄."

발렌시아는 구겨진 표정으로 내뱉었다.

그녀는 종아리까지 내려오는 커다란 코트를 걸치고 있었는데, 그 코트는 당연히 단순한 코트가 아니라 그녀가 직접 만든 아티펙트였다. 품 안으로 들어간 손이 묵직한 총 두 자루를 쥐고서 빠져나왔다. 그건 총이라기보다는 핸드 캐논이라 하는 것이 어울렸다.

발렌시아는 천공성을 노려보다가, 곁에 선 비서를 한 번 쳐다보았다.

"할 건가요?"

"……해야지."

비서가 물었고, 발렌시아는 고개를 끄덕거릴 수밖에 없었다. 천공성, 저 '이동 성역'은 도저히 포기할 수가 없었다.

발렌시아가 섬기는 아이언메이드는 천공성에 별 욕심을 두지 않고 있지만, 발렌시아는 아니었다.

[아이언메이드가 당신의 무운을 빕니다.]

의욕 없는 군주의 말뿐인 응원을 흘려들었다.

'소유하게 두어선 안 돼.'

이동 성역은 다른 군주에게 양보할 만한 힘이 아니다. 천공성을 손에 넣는다고 해서 외차원에 존재가 묶인 군주가 밖으로 나올 수 있는 것은 아니지만, 이동 성역이라는 것은 쓰기 나름인 것이다.

약해 빠진 신격이었던 천존이 압도적으로 강하던 신격들과 싸워 살아남을 수 있었던 것이 바로 저 이동 성역 천공성 덕분이다.

마음을 정한 라이 룽은 하미르를 소환하여 함께 위로 날아올랐다. 드레이브도 입술을 달싹거리며 무언가 주문을 외우더니, 환한 백광을 휘감고서 라이 룽의 뒤를 따랐다. 아직 갑판에 남은 카르파고는 조용히 그 모습을 지켜보았다.

[어쩌실 셈입니까?]

헤루샤의 전음이 들려왔다. 하지만 카르파고는 그녀의 질문에 대답해 주지 않았다.

리셀이 보여준 미래에서, 헤루샤는 카르파고가 죽은 순간 더 싸우지 않고 전장을 이탈했다. 카르파고는 그 문제를 두고 탓할 생각은 없었다. 어차피 주종 관계는 혈사자와 암막의 주인 사이에 맺어진 것이고, 헤루샤에겐 카르파고에 대한 충성심 따위는 존재하지 않는다.

'잘 알겠어.'

원수를 갚아줄 의리 같은 것은 없다는 말이다. 그건 카르파고도 마찬가지기는 했지만, 직접 확인하게 되니 마음이 한결 편했다. 그렇다면 이쪽도 아무 기대 없이 도구로 쓰면 될 뿐이다.

사도들이 하늘로 오르자, 천존의 뺨이 파르르 떨렸다. 저들이 신격의 특별한 권속이라는 것은 이미 알고 있다. 하지만, 결국에는 인간일 뿐 아닌가. 처음에 당황하여 몇 대 맞아준 것을 보고서 허황된 꿈이라도 꾸는 모양이다.

쿠구궁!

천공성의 성벽에서 튀어나와 있는 수십 개의 대포가 움직이기 시작했다. 무수히 많은 빛의 점들이 컴컴한 포구 안쪽에서 번쩍거린다.

포격이 시작되었다. 동시다발적으로 쏘아진 빛이 하늘을 수놓았다. 수십 개의 빛줄기가 사도들을 포착했다. 주제도 모르고 나선 놈들을 먼저 처단하기 위해서였다.

천공성을 내세운 천존은 가만히 있지만은 않았다. 그는 놀람 없이 태연한 얼굴을 하고 있는 백현을 향해 빠르게 쇄도했다.

"괜찮지?"

"……너무 무시하는 것 아니야?"

던진 물음에 사라가 눈썹을 찡그리며 투덜거렸다. 이해하지 못할 일은 아니었지만, 자존심이 상했다. 사라는 백현의 등을 손으로 가볍게 밀치면서 뒤로 물러섰다.

"이깟 공격에 괜찮겠냐는 소릴 들을 정도는 아니야."

"그래도 혹시 모르니까."

천공성에서 쏘아진 포격이 코앞까지 다가온다. 백현은 손을 뻗으며 말했다.

"위험하다 싶으면 나 부르고."

손바닥이 활짝 펼쳐졌다.

화아악!

펼친 손을 중심으로 거대한 태극 문양이 펼쳐졌다. 천공성의 포격이 태극연화의 벽에 가로막혔다. 그걸 본 사라의 입이 반쯤 벌어졌다.

"어…… 어어."

한 달 동안 선계에서 수행하고 왔다는 말은 들었지만, 저게 대체 뭐란 말인가? 쇄도하던 천존 역시 백현의 방어를 보고서 표정이 굳어버렸다.

'안 되겠다.'

그는 날던 몸을 재빨리 멈추었다. 슬그머니 드는 불안은, 이대로 격돌했다가는 엉망으로 두들겨 맞는 미래에 대한 직감이었다.

방향을 꺾은 천존은 재빨리 상륙함 쪽으로 추락했다. 일단 확실하게 죽일 수 있는 벌레들부터 치우기 위해서였다.

"오, 온다!"

"날아!"

입을 벌리고서 백현을 바라보던 헌터들이 정신을 차리고 고함을 질렀다. 수백 명의 헌터들이 상륙함의 갑판에서 날아올랐다.

천존의 손 위에서 커다란 빛의 구체가 만들어졌다.

"안 돼."

다시 목소리가 가까워진다.

말도 안 돼. 천존은 경악해서 고개를 돌렸다. 파직거리는 전류 속에서 백현이 튀어나와 천존을 향해 손을 뻗었다.

"으헉!"

천존은 기겁한 소리를 내며 손을 휘둘렀다. 백현은 다가오는 구체를 손등으로 쳐내며 천존과의 거리를 바짝 좁혔다.

말아 쥔 주먹이 천존의 명치에 처박혔다. 쩍 벌어진 입에서 뭐가 떨어지기 전에, 반대편 손바닥을 쳐올리며 놈의 입을 다물게 했다.

그 순간에 아라크네의 은사로 젖혀진 머리를 붙잡아 다시 당겼다. 때리기 좋은 위치로 떨어진 안면에 주먹을 꽂았다.

버둥거리는 양팔이 백현을 때리려 들었다. 그중 오른팔을 낚아채 등 뒤로 꺾고, 바짝 붙은 뒤 무릎으로 놈의 등짝을 갈겼다. 척추가 으스러지는 소리가 귀로, 감촉이 무릎으로 전해졌다.

백현은 천존의 머리채를 움켜잡고서 홱 꺾었다. 놈은 비명도 지르지 못하고 백현이 휘두르는 대로 상체를 비틀었다. 옆구리를 주먹으로 두 번 때렸다. 천존은 피가 줄줄 흐르는 입을 벌려 비명을 질렀다.

그 와중에도 천공성의 포격은 계속되고 있었는데, 백현은 붙잡은 천존의 몸을 방패막이로 삼을 생각으로 앞으로 내밀었다.

"끄흑……!"

피에 젖은 천존의 입매가 뒤틀렸다. 수상쩍은 제스처였다. 백현은 혹시 모른단 생각에 천존의 몸을 빛줄기를 향해 집어 던지고 뒤로 물러섰다.

"아하."

천존의 몸뚱이가 빛줄기에 삼켜졌다. 백현은 심안을 통해, 빛이 머금고 있는 거대한 힘이 천존의 몸으로 흘러 들어가는 것을 보았다. 죽기 직전까지 두들겨 팼다고 생각했는데, 놈은 빛을 흡수하고서 대미지를 죄다 회복해 버렸다.

"으, 으하!"

그뿐만이 아니었다. 천존은 웃음을 터뜨리며 빛을 타고 올라가, 천공성으로 되돌아갔다. 천존은 이쪽을 빤히 보는 백현을 향해 주먹을 휘두르며 외쳤다.

"장난은 여기까지다! 방금 전이 네게 있어서 마지막 기회였던 것이다!"

"그래?"

백현은 고개를 끄덕거리며 손을 휘저었다.

"그럼 기다리고 있어."

"……뭐?"

"금방 갈 테니까."

백현은 천공성으로 돌아가는 천존에게 미련을 남기지 않고서 몸을 돌렸다.

'이러면 너무 쉽잖아.'

생각했던 것보다 훨씬.

천공성으로 되돌아가는 천존을 보며 안도감을 느끼는 이들은 꽤 많았다. 말할 것도 없이 사도들이었다. 그들은 맹렬하게 쏴대는 천공성의 포격을 상대하고 있었다.

'아직 아니야.'

천존이 천공성으로 들어갔다는 것. 그건 결코 유리한 상황은 아닐 터이나, 당장 천존이 백현에게 허무하게 맞아 죽지는 않게 되었다. 즉, 아직 천공성을 취할 기회는 남아 있다는 것이다.

하지만. 아직 기회가 남아 있다고는 해도, 사도들은 무참할 정도로 천존을 두들겨 팬 백현의 무위에 경악을 느끼고 있었다.

천공성에서 난사되는 포격은 결코 경시할 만한 위력이 아니었다. 피하거나, 막거나. 사도들은 자신에 맞는 대처법을 통해 포격을 상대하고 있었지만, 백현처럼 손 한 번 펼치는 것으로 포격을 완전히 막아내지는 못하고 있었다.

아니, 할 수 있다고 하더라도 하지 않는다. 굳이 그럴 필요가 없기 때문이다. 힘의 소모도 만만찮고, 이곳에 모인 이들은 동료가 아닌 경쟁 상대이자 적이다. 가진 패는 숨겨야 하는 법이다.

'너무 간단하게.'

하지 않아도 될 일을 한 것이 아니다. 백현에게는 귀찮게 피하고 수고 들여 막는 것보다는, 손바닥 한 번 펼치는 것이 더 쉽고 편했을 뿐이다.

특히 카르파고와 라이 룽의 경악이 컸다. 예전보다 강해졌음은 알았지만 설마 저 정도일 줄이야. 카르파고는 노골적으로 경계심을 품으며 움직이는 백현을 쳐다보았다.

'확실하게.'

카르파고가 손을 쥐었다 펴며 생각했다.

'그래, 확실하게.'

백현도 같은 생각을 했다. 더 보여줄 것은 얼마든지 있었지만, 그걸 보여주기도 전에 천존이 도망쳐 버렸다.

그게 조금 아쉬웠다. 조금 더 보여주어야.

'빡 긴장하고, 생각 잘하고 행동할 텐데.'

리셀을 통해 다들 처참한 미래를 보았다. 그녀가 말한 것처럼 머리가 텅텅 빈 등신은 아닐 테니, 그런 미래를 맞이하지 않기 위한 행동은 할 것이다.

하지만 사람이라는 것은. 그리고 탐욕이라는 것은.

사도들이 '왜' 천공성을 손에 넣으려는 것인지는 모르겠다. 탐하는 이유는 어쩌면 비슷할지도 모르고, 또 어쩌면 확실하게 다를지도 모른다. 분명한 것은, 그렇게 죽는 미래를 보았음에도 사도 중 누구도 이 토벌에 빠지지 않았다는 것이다.

탐욕도 버리지 않았다. 다들 가슴 속에 그것을 숨기고 있고, 어떻게든 자신이 천존을 죽여 천공성을 소유하기를 원할 것이다.

사람이 변하지 않았는데, 과연 미래가 바뀔까.

'너는 바뀌어야 돼.'

백현은 카르파고를 떠올렸다. 놈의 시선, 빠득 이 가는 소리나, 꽉 말아 쥔 주먹에 도드라진 핏줄을.

그래서 보여준 것이다. 여전히 뒤통수를 치겠단 생각을 품고 있다면. 정말 잘 생각해서, 정말로 확실하다는 생각이 들 때 해주기를 바랐다. 이 정도면 예전에 연리운과 함께 싸웠을 때와는 전혀 다르다는 것을 충분히 알아들었을 것이다.

"벌써 왔어?"

포격을 피해 하늘을 뛰어다니던 사라는, 다가오는 백현을 보고서 눈을 동그랗게 떴다.

백현은 날아오는 포격을 태극연화로 막아내면서 고개를 끄덕거렸다.

"그 새끼가 도망쳤거든."

"보내준 게 아니라?"

"그것도 그렇지."

태극연화에는 흡성대법인 탈명요혼이 가미되어 있다. 덕분에 천공성의 포격은 백현의 내공을 거의 소모시키지 못했다. 또한, 백현은 몇 번 포격을 맞아보며 그 힘의 성질을 어느 정도 파악할 수 있었다.

'순수해.'

원기(元氣)에 버금갈 정도로 순수한 힘이다. 덕분에 단전으로 들어오는 내공의 양도 대단했다. 백현은 호기심 어린 눈으로 천공성을 바라보았다.

이만큼의 순수한 힘을 아낌없이 쏴대다니. 사도들이 왜 천공성을 욕심내는 것인지 알겠다. 아무래도 천공성의 가치는 이동 성역에만 있는 것이 아닌 모양이었다.

"왜 보내준 겁니까?"

번쩍이는 갑옷을 입은 드레이브가 다가왔다. 그는 말브론으로 포격을 막아내며 백현을 쏘아보았다.

"절호의 기회였음은 당신도 알지 않았습니까?"

"마음에도 없는 말은 하지 말고."

"절 모욕하지 마십시오."

"에이, 내가 두들겨 패는 동안 열심히 노려보고 있었으면서."

백현은 그렇게 비웃으면서 손을 들어 올렸다.

우우웅!

시커먼 구체가 백현의 손바닥 위에 떠올랐다.

"우선 이 귀찮은 포격부터 어떻게 하자고요."

단전에서 내공이 쭉 빠져나갔다. 구체가 몇 배나 되는 크기로 부풀었다. 응집된 힘의 크기에 드레이브의 표정이 굳었다.

천혼광도(天溷狂濤).

던진 구체가 날아간 곳은, 헌터들이 분전하는 방향이었다.

그들은 사도들처럼 쉽게 포격에 대응할 수가 없었다. 수십 명의 마법사가 모여 방어 마법을 펼쳐야지 간신히 막아내는 것이 가능한 것이 고작이었다.

그들을 노리던 포격이 천혼광도와 충돌했다.

콰아아!

빛을 수십 갈래로 찢고 들어간 구체의 크기가 계속해서 부풀었다. 백현은 그쪽을 보지도 않고서 펼친 손을 쥐었다.

푸확!

구체가 터지면서 수백 개로 나뉘었다. 그것은 사방으로 쏘아지면서 천공성의 다른 포격들과 부딪쳤다.

'기공?'

사라가 두 눈을 크게 떴다. 포격을 찢으며 크기를 부풀린 수백 개의 구체가 다시 한곳에 모였다. 그 크기는 이제 저 거대한 천공성과 버금갈 정도로 부풀어 있었다.

백현은 쥐었던 주먹을 다시 펼쳤다. 폭사한 구체가 시커먼 빛의 파도가 되어 천공성을 덮쳤다. 그러자 천공성은 포격을 멈추고 빠르게 뒤로 물러났다.

꽈아앙!

검은빛이 사방으로 튀었다. 천공성이 통째로 뒤흔들렸다.

하지만 박살 나지는 않았다. 익힌 강기공들의 정수만을 모은 천혼광도였지만, 일격에 천공성을 붕괴시키지는 못했다. 그만큼 천공성이 두르고 있는 결계는 강력했다.

"안 되네."

"뭐…… 뭘 한 겁니까?"

"보면 몰라요? 정면에서 부숴보려고 했잖아요. 너무 단단해서 안 됐지만."

백현은 그렇게 투덜거리면서 사라의 손을 잡았다. 그 갑작스러운 스킨십에 사라가 화들짝 놀란 소리를 냈다.

"가자."

"어, 어딜 가?"

"몰라서 물어? 저거 부숴야 할 것 아냐?"

백현은 손을 들어, 굳게 닫힌 천공성의 문을 가리켰다. 천혼광도를 막아낸 천공성은 포격을 쏘아대지 않고 침묵했다.

기회다 싶은 카르파고는 전신에 배틀오러를 두르고 가속했다. 긴 빛의 꼬리를 남기며 쏘아진 카르파고는 천공성의 문을 노려보았다.

[천존이 아프라스와 동기화를 시작한 모양이군.]

카르파고의 머릿속에서 혈사자가 중얼거렸다. 그는 군주 중 몇 안 되는, 천공성의 비밀을 알고 있는 군주 중 하나였다.

천공성은 이동 성역이다. 그 자체로도 대단한 가치를 지니고 있지만, 천공성을 이동 성역으로 만들어주는 것이 바로 천공성의 핵이라고 할 수 있는 '아프라스'다.

그건 전 차원에서도 몇 개 존재하지 않는 절대의 근원석이며, 현자의 돌이라고도 불리는 물건이었다.

[신격을 잃었다지만, 아프라스는 절대의 근원석이니라. 네가 그걸 취한다면 내 화신에 그치지 않고, 너 자신의 신성(神性)을

쌓을 수도 있을 것이니라.]

혈사자가 큭큭 웃으며 말했다.

'당신 외에 누가 알고 있는 겁니까?'

[아이언메이드 정도는 알고 있겠지. 놈은 신격에 이른 마법사이며 연금술사이니라. 그런 주제에 어비스에서도 아프라스를 탐하지 않았지만……. 놈의 사도가 눈이 뒤집힌 것을 보니, 아프라스의 존재에 대해서는 언질을 준 모양이구나.]

그럴 것이라고 생각했다. 카르파고가 천공성으로 달려드는 것을 보며, 발렌시아도 고함을 지르며 카르파고의 뒤를 쫓고 있기 때문이었다.

[저 계집이 아프라스를 탐하는 것은 사역마에게 생명을 불어넣기 위함이겠지. 고작 그런 일을 위해 아프라스를 소모하려 하다니, 참으로 어리석도다.]

'지금이 틀림없는 겁니까?'

[글쎄다. 포격이 멈춘 것이 아프라스와의 동기화 때문인지 내가 어찌 알겠느냐? 또, 틀림없지 않다면 어쩔 테냐?]

혈사자가 이죽거렸다. 아프라스와 동기화하는 중의 천존은 무방비로 노출된다. 즉, 지금이 천존을 죽일 수 있는 절호의 기회라는 것이다.

하지만, 카르파고가 바알을 문에 내리찍기도 전에. 포신이 너무 빨리 움직였다. 카르파고의 얼굴이 일그러졌다.

빛이 한 번 번쩍였다. 전신이 박살 나는 것 같은 고통은 조금 뒤에 찾아왔다. 희미해지는 정신을 간신히 붙잡았다.

[생각보다 빠르구나.]

머릿속에서 껄껄 웃는 혈사자의 웃음소리가 증오스럽다.

카르파고는 사지가 박살 나고서 하늘을 날아 아래로 추락했다. 그 와중에도 바알은 꽉 쥐고서 놓지 않았다. 그를 놓쳤더라면 방금의 공격으로 흔적도 없이 소멸해 버렸으리라.

[괜찮으십니까?]

걱정이라곤 조금도 느껴지지 않는 목소리가 들린다. 헤루샤였다. 그녀는 포격에 집중된 카르파고와는 달리 상처 하나 입지 않았다.

그 목소리도 짜증이 났다. 하지만 지금은 바알을 통해 몸을 회복하는 것이 먼저였다.

"흐악!"

커다란 소리와 함께 누군가가 뛰어들었다. 뭔가 싶었는데, 누군지도 모를 한국인이었다.

바로 이석천이었다. 그는 거구를 날리며 하늘을 가로질러, 추락하는 카르파고를 양팔로 받아냈다.

"앗 뜨……!"

연기가 모락모락 피어오르는 카르파고의 몸은 불덩이처럼 뜨거웠다. 이석천은 그 열기에 놀라 카르파고의 몸을 놓칠 뻔했지만, 이 절호의 찬스를 고작 뜨거움으로 놓칠 수는 없었다.

이석천은 양팔이 익는 것 같았으나, 일그러진 표정으로 어떻게든 웃음을 지었다.

"괘, 괜찮으십니까?"

어색한 영어를 뱉으며.

"전 한국에서 천왕이라는 조그만 길드를 꾸리고 있는 이석천이라고 합니다. 같은 혈사자 님의 권속으로서, 평소 사도인 카르파고 님을 흠모하여……."

"……닥치고……."

놈이 주절주절 떠드는 말을 흘려보내며, 카르파고는 타들어간 성대로 간신히 목소리를 냈다.

"……포션…… 내놔……!"

"예!"

이석천은 재빨리 품 안에서 최고급 포션을 꺼내 카르파고의 입에 물려주었다. 이러고 있자니 마치 아기에게 젖을 먹이는 어머니가 된 것 같은 기분이었다.

'드디어.'

설마 이런 기회가 올 줄이야. 제비 새끼도 부러진 다리를 고쳐주면 박씨를 물어다 준다는데. 이석천은 카르파고가 이 은혜를 잊지 않을 것이라 믿어 의심치 않으며, 열심히 카르파고에게 포션을 먹여주었다.

“……고, 고마워.”

등허리가 욱신거렸다. 그래도, 죽는 것보다는 당연히 나았다. 발렌시아와 비서는 허리에 감긴 은사를 풀어내며 백현을 쳐다보았다.

“조심해.”

카르파고를 노렸던 포격은 발렌시아도 겨냥하고 있었다. 백현이 은사를 쏘아 당기지 않았더라면, 발렌시아와 비서도 카르파고와 다를 것 없는 꼴이 되었으리라.

“……그런데 왜 구해준 거야?”

“안 구해줄 이유가 있나?”

되묻는 질문에 다시 질문으로 대답해 주었다. 말문이 막힌 발렌시아가 눈을 끔벅거렸다.

백현은 피식 웃으며 그녀의 어깨를 두드려 주었다.

“나한테 뭐 죄지은 것 있어?”

없다. 과거에도 그랬고, 단편적인 미래의 영상에서조차도.

발렌시아는 혼자 천존에게 죽었을 뿐이지, 누구를 배신하지는 않았다. 카르파고가 얻어맞게 내버려 둔 것은 놈이 지은 죄와 지었을지도 모를 죄 때문이지만, 발렌시아에게는 그런 것이 전혀 없었다.

"……만약에."

이런 말을 해도 되는 것일까 잠시 머뭇거리다가, 발렌시아는 크게 한숨을 내쉬었다.

"아니, 아니야."

천존을 양보해 줄 수 있냐는 질문은 결국 할 수가 없었다. 염치가 없어서가 아니라, 그 양보의 대가로 줄 만한 것을 도저히 생각할 수가 없었기 때문이었다.

아프라스는 대부분의 연금술사가 도달하고자 하는 궁극이라 할 수 있는 '현자의 돌'이다. 굳이 연금술사가 아니라도, 마법사는 물론이고 기(氣)와 마나를 이해하고 있는 모두가 탐낼 만한 물건이다. 연금술사로서 신격에 도달한 아이언메이드조차도 아프라스 같은 현자의 돌을 만들어낼 수 없었다.

'돈으로 환산할 수가 없는 물건이야.'

그런 이상, 어떻게든 스스로 쟁취할 수밖에 없는 것이다.

백현은 입을 다문 발렌시아를 물끄러미 보다가 고개를 돌렸다. 카르파고에 포화를 집중했던 천공성의 내부에서 커다란 울림이 들렸다. 쿠릉거리는 소리와 함께 천공성의 포신이 움직였다.

-하하하하!

천존의 커다란 웃음소리가 세상을 뒤흔들었다. 천공성 앞의 하늘이 흔들린다 싶더니, 커다란 영상이 모두에게 비추어졌다.

커다란 옥좌에 앉은 천존의 모습이었다.

-이곳에 온 것을 후회하게 해주마!

천존이 양팔을 치켜들며 외쳤다. 그 말을 마치고서, 천존의 영상은 사라졌다.

그걸 어이없다는 듯이 쳐다보던 사라가 입을 열었다.

"보통 저런 말을 하면 다 죽던데."

백현의 곁에 선 사라가 작은 목소리로 중얼거렸다. 백현은 그 말에 동감하며 움직이는 포신을 바라보았다.

'일단 저것부터 다 부수고.'

그 뒤에 문짝을 부수고 들어가, 놈의 낯짝을 다시 봐줄 생각이었다.

10장
싫어

저 대포들부터 어찌해야 한다는 것은 백현뿐만이 아니라 사도들, 그리고 헌터들도 생각할 수 있었다.

천존은 저 성안에 들어가 버렸고, 나올 생각이 없어 보였다. 그런 이상 놈을 잡기 위해서는 저 커다란 문을 박살 내고 안으로 들어가는 수뿐이었다.

하지만, 천공성에 가까이 접근하는 것은 쉬운 일이 아니었다. 성을 휘감은 결계는 아까보다도 견고했다. 포격은 아까처럼 무차별적으로 쏘아지지 않았지만, 가까이 다가간 순간 카르파고처럼 집중포화의 과녁이 될 것이 틀림없었다.

철컥.

누구 하나 선불리 나서지 않는 중에, 천공성의 성벽에서 기관 장치가 움직이는 소리가 들렸다. 성벽에는 포문 외에는 문이 달려 있지 않았지만, 벽돌이 맞물리며 성벽이 열렸다.

"……골렘?"

발렌시아가 당황한 목소리로 중얼거렸다. 커다란 날개를 가진 골렘들이 순차적으로 성벽을 빠져나와, 하늘을 가로질렀다.

"권속이 없다더니."

"저건 천존의 권속이 아니야."

발렌시아가 굳은 얼굴로 중얼거렸다.

천존이 데리고 있던 권속들은 군주의 타락과 신격의 상실로 인해 소멸했다지만, 골렘은 애당초 생명체라고도 할 수 없는 놈들이다.

날아오는 골렘들을 보고서 헌터들의 얼굴이 일그러졌다. 놈들의 숫자는 토벌대보다는 월등히 적었으나, 헌터들에게 있어서는 쏴재끼는 포격보다는 직접 날아와 공격하는 골렘들이 위협적으로 느껴졌다.

[조무래기일 뿐이다.]

'하지만 저들에게는 아닐 겁니다.'

[나의 딸아. 대의를 위한 희생은 불가피하다고 말할 생각은 없다만, 지금은 저들 모두를 돌보기에는 어려운 상황임을 너도 알지 않느냐. 오늘 이곳에 죽는 인간은 몰살이라 해봐야 수백일 터이나, 악한 이에게 천공성이 쥐어진다면 그와 비교되지

않을 죽음이 일어날 것이다.]

용성군의 목소리에는 어쩔 수 없는 안타까움이 어려 있었다. 이곳에서의 희생을 돌볼 수 없음에 대한 것일까.

라이 룽은 아랫입술을 잘근 씹었다.

[특히, 혈사자와 퓨어세인트에게는 결코 천공성을 양보해서는 안 된다. 혈사자는 탐욕스러운 군주고 퓨어세인트는 그 속내를 알 수가 없으나, 결코 신뢰해서는 아니 된다.]

그건 라이 룽도 인지하고 있었다. 위치엔드가 보여준 미래에서, 라이 룽을 죽이려고 했던 것이 바로 드레이브였다.

용성군의 말을 새겨듣고서, 라이 룽은 하미르와 함께 공간을 뛰어넘었다. 그녀와 용성군은 천공성의 핵인 아프라스에 대해서는 알지 못했지만, 카르파고에게 집중되었던 포격이 이전보다 막강하다는 것은 알았다.

'결계는 뚫을 수 없어.'

그건 하미르의 능력으로도 불가능했다. 라이 룽은 하미르의 능력을 몸에 강림시킨 뒤, 하미르를 신비경으로 돌려보냈다. 그 뒤에 하미르와 마찬가지로 신비경의 사신수 중 하나인 영갑귀 자오를 새로이 소환했다.

자오는 거대한 거북이다. 자오의 거무튀튀한 등껍질에는 마룡왕이 남긴 손톱자국이 깊숙이 새겨져 있었다. 얼굴을 내민 자오가 조금 두려움이 어린 눈으로 라이 룽을 바라보았다.

"마룡왕이 아니야."

"다행이군요."

안도의 한숨을 내쉰 자오가 다시 등껍질 안으로 머리를 집어넣었다.

우우웅!

거대한 결계가 라이 룽의 몸을 휘감았다. 그 뒤에, 라이 룽은 용성군이 권한 대로 골렘들을 무시하고 천공성을 향해 날아갔다.

라이 룽이 먼저 움직이는 것을 본 드레이브는 몇 박자 늦은 뒤에야 천공성을 향해 날아갔다.

꽈아아앙!

라이 룽에게 포격이 집중되었다. 하나, 라이 룽은 하미르의 속도로 포격보다 앞서면서 자오의 방어 결계로 포화 속으로 뛰어들었다.

'무식하게.'

드레이브는 라이 룽에게 포격이 집중된 것을 보고서 속도를 올렸다. 말브론을 앞세운 그의 몸이 눈부신 백광에 휘감겼다.

궁극의 목적은 천존의 목을 베는 것이지만, 그전에. 신의 사도다운 위엄과 자비를 보여줄 필요는 있다. 드레이브는 허리춤의 검을 높이 빼어 들었다.

말브론과 동격인 성검 아스트로가 태양처럼 빛났다. 어린 빛이 사방으로 흩어졌다.

"아아!"

골렘과 맞서던 헌터들이 놀란 소리를 터뜨렸다. 아스트로가 내뿜은 신광(神光)이 헌터들의 몸으로 스며들었다. 경미한 상처들이 순식간에 치유되었고, 믿을 수 없을 정도의 활력이 전신을 휘감았다.

"믿으십시오!"

드레이브는 헌터들의 시선이 자신에게 향한 것을 느끼며 커다란 목소리로 외쳤다.

"이 절망적인 상황에서도 신이 있음을! 당신들이 섬기는 신이 이곳을 돌보지 않을지라도, 참된 신이 당신들을 돌볼 것입니다!"

"지랄을 한다."

그 쩌렁쩌렁한 외침을 들으며 카르파고는 작은 목소리로 중얼거렸다. 아까는 이석천의 품에 안겨 있었지만, 지금은 이석천의 등 뒤에 업혀 있었다.

"예? 방금 뭐라고 하셨……."

"닥쳐."

이석천이 고개를 돌리며 물었지만, 카르파고는 짧은 욕설로 응수했다.

'지랄 맞은 새끼. 기껏 구해줬더니…….'

그래도 미래를 위한 투자라 생각하면, 욕쯤은 얼마든지 들어줄 수 있었다.

물론 이석천의 생각일 뿐이었다. 카르파고는 땀에 절은 이석천의 두피 냄새에 역겨움을 느끼고 있었다.

대미지가 너무 큰 탓에 바알의 권능으로도 아직까지 몸이 완전히 회복되지 못했다. 그렇다고 헤루샤에게 이런 일로 도움을 청하고 싶지도 않았기에, 잠시 동안은 이석천의 등을 빌릴 수밖에 없었다.

'새끼. 어디서 개수작을.'

카르파고는 눈 부신 빛을 발하는 검을 앞세우고 돌진하는 드레이브의 등을 노려보았다. 아무것도 모르는 병신들이 드레이브가 퍼뜨린 빛이 상처를 치유하고, 활력을 북돋워 준 것에 환호하고 있는 것이 우습기 짝이 없었다.

저 빛은 신성한 치유의 빛이 아니다. 일종의 각성제일 뿐이다. 일시적으로 잠력을 극대화시켜 치유력을 높이고, 활력을 되찾아 올 뿐. 결과적으로는 수명을 깎는 빛인 것이다.

"뒤로 빠져서 재들 좀 막아봐."

"왜?"

"여기까지 와서 죽는 것도 좀 불쌍하잖아."

사라는 볼멘 표정으로 입술을 삐죽였지만, 싫다는 말은 하지 않았다. 뒤로 빠진 사라가 골렘들과 싸우는 헌터들 쪽으로 향했다. 그것을 확인한 뒤, 백현은 자세를 낮추었다.

파직!

연달아 펼친 질풍신뢰가 포화를 뛰어넘었다. 어느새 천공성의 가까운 거리까지 도착한 백현의 양손에 시커먼 빛이 어렸다. 뒤늦게 백현의 접근을 알아챈 천공성의 포신이 움직였다.

하지만 그것보다 백현의 공격이 빨랐다.

꽈아앙!

내리찍은 양 주먹이 천공성의 결계와 충돌했다. 결계의 표면에 커다란 파문이 일었다.

그러나 주먹은 결계를 박살 내지 못했다. 강력한 저항력이 백현의 주먹을 뒤로 밀어냈다. 이제야 백현을 겨눈 포구에서 빛이 뿜어졌다.

포격의 순간에 결계가 사라지지 않을까 기대했는데, 그렇게 호락호락하지는 않았다. 포구에서 쏘아진 빛은 결계를 통과하고서 바깥으로 뿜어졌다.

백현은 포격 사이사이를 돌파하며 다시 결계로 향했다. 저편에서 라이 룽이 포화를 뚫고 오는 것이 보였다.

'남 좋은 일만 해줄 수는 없지.'

고작 이 정도로 지치진 않았지만, 굳이 하지 않아도 될 일을 나서서 할 필요는 없었다.

라이 룽은 백현이 결계를 뚫지 못하는 것을 보았다.

굳이 나서서 하고 싶지 않다는 것은 라이 룽도 마찬가지였지만, 포격을 막고 천공성에 들어가기 위해서는 결계를 부숴야 한다. 라이 룽은 자오를 역소환시키고서 자화봉 해사리를 소환했다.

"뚫어!"

라이 룽은 소환된 해사리에게 즉시 명령을 내렸다. 대붕의 형태를 한 해사리가 여섯 개의 날개를 활짝 펼쳤다.

신격과 견주어 손색없을 신화(神火)가 치솟았다. 한 점에 모인 불꽃이 라이 룽이 겨눈 방향으로 쏘아졌다.

콰아아!

해사리의 불길이 결계와 충돌했다. 결계가 요동쳤다. 그걸 본 드레이브가 눈을 번뜩였다. 헌터들이 이곳을 보고 있다. 과시해야 할 영광을 라이 룽에게 빼앗길 수는 없었다.

드레이브가 아스트로를 위로 치켜들자, 천공성의 위에 커다란 검이 나타났다.

쫘지직!

성만큼이나 거대한 검이 결계의 위로 떨어졌다. 해사리의 불길을 받아내며 요동치던 결계는, 드레이브의 공격에 의미 그대로 '흐물거리기' 시작했다.

경쟁이라도 하는 것처럼 힘을 발산한 드레이브가 어이없긴 했지만, 사도 둘의 합공에 결계는 박살 나기 직전까지 가버렸다.

라이 룽과 드레이브는 날아오는 포격들을 피해가며 결계를 박살 내는 것에 주력했다.

빠지직!

드디어 결계가 박살 났다. 백현은 즉시 결계의 구멍으로 뛰어들었다.

양손에서 떠오른 시커먼 구체가 양방향으로 쏘아졌다. 굉음과 함께 천공성의 대포들이 박살 났다. 백현은 천혼광도가 날뛰게 내버려 두면서 굳게 닫힌 철문으로 날아갔다.

꽈앙!

결계의 단단함을 너무 믿었던 것인지, 성문은 너무 쉽게 박살 났다. 굳이 뒤를 돌아보지 않아도, 뒤편에서 사도들이 따라오고 있음은 알 수 있었다.

박살 난 성문 안을 들여다보자, 기다란 복도 너머에 넓은 홀이 보였다. 천존의 존재감은 잡히지 않았다.

백현은 기분 좋은 흥분을 느끼며 성문 안쪽으로 발을 들이밀었다.

-감히……!

천공성의 내부로 진입한 순간, 끓는 듯한 천존의 목소리가 들려왔다. 하나 여전히 놈이 어디에 있는지는 알 수가 없었다.

"잠깐……!"

한발 늦게 따라 들어온 라이 룽이 급히 백현을 붙잡았다.

"왜?"

"……너도…… 천공성을 욕심내는 거냐?"

잠시 머뭇거리던 라이 룽이 묻고자 했던 것은 그것이었다. 위치엔드가 보여준 미래에서 끝내 천존을 죽이고 천공성의 주인이 되는 것이 바로 백현이었다.

솔직히 그것을 볼 때만 해도, 정식 사도가 셋이나 있는 상황에 백현이 최후의 승자가 된다는 것은 가당치도 않은 이야기라고 생각했다. 하지만, 볼수록 '그렇게' 될 것만 같은 기분이 들었다.

"아니, 별로."

"……그렇다면 내가 취할 수 있도록 도와……."

"싫어."

백현은 고개를 가로저으며 대답했다. 그 대답에 라이 룽은 황당하다는 표정을 지었다.

"……무조건 도움을 주기는 싫다는 거냐? 그렇다면 말만 해. 네가 원하는 것이 뭔지는 모르겠지만, 날 도와준다면……."

"아니, 원하는 게 있는 것도 아니야. 그냥 이건 남 주기에는 좀 큰 것 같아서, 그리고."

백현은 잠시 말을 멈춘 뒤에 라이 룽을 쳐다보았다. 그 시선에 라이 룽은 자신도 꿀꺽 침을 삼켰다.

이런 기분은 처음이었다. 별다른 감정이 내비쳐지지 않은 저 눈. 그러면서도 끝을 알 수 없을 정도로 깊었다.

"네가 무조건 내 편인 것은 아니잖아."

"……뭐……."

백현은 어안이 벙벙한 표정의 라이 룽을 보고서 멋쩍은 미소를 지었다.

정수아에게 귀면주 여왕의 독단을 양보하고, 연리운에게 무령의 신격을 양보했던 것과는 경우가 다르다. 그건 줘도 될 만한 것들이었고, 백현이 쓸 수도 없었으며, 그렇다고 욕심이 나는 것들도 아니었다.

독단? 독공은 익히지도 않았다. 취했으면 내공이 꽤 늘었겠지만, 그 당시에는 내공의 부족함을 느낀 적도 없었다.

신격? 그런 식으로 얻는 것이라면 줘도 갖고 싶지 않았고, 철혈궁에 존재가 묶이고 싶지도 않았다.

하지만 천공성은. 크게 필요하지는 않아도, 남에게 양보할 만한 물건도 아니었다.

만약에 라이 룽이 무조건적인 아군이라면 조금은 고민해 보겠지만, 그녀와 맺은 동맹은 일시적인 것이었다.

"아 그래도."

백현은 라이 룽을 지나쳐, 홀로 통하는 복도를 걸으며 말했다.

"누가 너 뒤통수치려고 하면, 그건 막아줄게."

천공성은 양보해 줄 수 없지만. 동맹을 맺은 사이에 그 정도는 못 해줄 것도 없었다.

"넌 군주와 계약을 맺지도 않았잖아……! 네가 천공성을 소유해 봐야 제대로 쓸 수도 없어!"

"그래도 하늘은 날 수 있을 것 아냐?"

그렇게 대답해 주자, 라이 룽이 두 눈을 끔벅거렸다.

"귀국할 때에는 이거라도 타고 가지 뭐."

백현은 인천 공항의 활주로에 내려선 천공성의 모습을 상상해 보았다.

'이건 좀 쪽팔리네.'

애초에 합법이기는 한가 싶었지만, 누가 하늘을 나는 성을 타고 귀국할 것이라 생각이나 할까? 백현은 그런 생각을 하며 복도를 통과했다.

홀에 들어서고서 가장 먼저 들은 소리는 묵직한 진동 소리였다. 소리의 발생지는 알 수 없었지만, 그 이유 모를 진동은 홀 전체를 뒤흔들고 있었다.

"안으로 들어온 것은 좋은데."

입을 연 것은 드레이브였다. 그는 맨 뒤에 서서 복도를 함께 걸으며, 자신보다 앞서 걷는 이들을 살펴보고 있었다.

"여기서부터 아닙니까?"

드레이브는 주변을 둘러보며 말했다.

여기서부터. 서로 뒤통수를 치다가 사망자가 발생하기 시작한 것은 천공성의 안에서부터다.

그를 내심 의식하고 있던 발렌시아가 입술을 잘근 씹었고, 라이 룽은 드레이브를 노려보았다.

"네가 가만히 있으면 되지 않을까?"

"아까도 말했지만. 저는 리셀, 그 여자가 보여준 미래를 믿지 않습니다. 제가 당신의 팔을 자른다고요? 하하! 제가 왜 그런 말도 안 되는 짓을 하겠습니까?"

드레이브는 너털웃음을 터뜨리며 고개를 저었다. 그러고는 자신을 무시하고 앞서 걷는 백현의 등을 쳐다보며 말했다.

"우리를 이간질하려는 마녀의 술책일 뿐입니다."

변명처럼 들리는 그 말을 무시하며, 백현은 홀을 살펴보았다. 넓은 홀은 조각상이며 그림 따위로 장식되어 있었고, 천장에는 화려한 샹들리에가 있었다.

감도는 불신의 공기는 짙어서 괜히 끼어들고 싶지도 않았다. 백현은 실랑이를 벌이는 라이 룽와 드레이브를 무시하고서 계단으로 향했다.

그러자 다들 실랑이를 멈추고서 백현을 따라왔다. 누구 하나 선불리 나서려 들지는 않았지만, 그렇다고 다른 누군가가 앞서가는 것을 내버려 두지도 않는 것이다.

백현은 그 상황이 우스워 괜히 혼자 피식거리며 웃었다.

첫 번째 계단에 발을 올린 순간이었다.

우우웅!

어디서 들려오는지 모를 진동 소리가 크게 증폭되었다. 그 즉시 공간이 꿈틀거렸다.

"죽을 자리를 찾아왔구나!"

분노 섞인 외침이 쩌렁쩌렁 울렸다. 위를 가로막고 있던 천장이 희미하게 변하더니 이윽고 완전히 사라졌다.

천존은 저 위에 서 있었다. 그는 팔짱을 끼고 서서 아래의 사도들을 내려 보았는데, 푸른빛이 감도는 천존의 눈에서 아까와는 전혀 다른 힘이 느껴졌다.

"차라리 도망쳤다면 목숨을 부지했을 터인데!"

천존은 위엄 넘치는 목소리로 말하며 천천히 아래로 내려왔다. 아까 흠씬 두들겨 맞았던 것과는 완전히 상반된 태도였다.

그럴 만도 했다. 아까 전과는 상황이 완전히 다르다. 천공성의 포격으로 저놈들을 어찌하지 못한 것은 아쉬운 일이지만, 이렇게 되었다면 직접 패 죽이면 될 뿐이다.

천존의 등 뒤. 무수히 많은 흐름들이 얽혀, 천존에게 이어져 있는 것이 보였다.

'저게 뭐지?'

백현은 고개를 갸웃거리며 흐름이 이어져 있는 곳을 좇았다. 천존이 내려온 곳. 놈과 이어진 흐름은 저 높은 곳으로 연결되어 있었다.

그것은 감탄이 나올 정도로 커다란 힘의 흐름이었다. 뭔 자신감인가 했더니, 저 힘을 등에 업고서 목에 힘이 들어간 모양이었다.

그것을 느낀 사도들의 얼굴에도 긴장이 어렸다. 천존은 그 시선을 기분 좋게 느끼며 입매를 비틀어 웃었다.

용성군, 퓨어세인트, 아이언메이드, 혈사자.

예전 어비스에서는 감히 마주치는 것이 두려운 적들이었지만, 여기 있는 것은 저 군주들 본인이 아니다. 사도라 불리는 권속들.

거기에 군주들은 혼돈이 두려워 외차원에 피신해, 거기서 나오지도 못한다고 했다. 이건 더할 나위 없는 기회였다. 과거 모욕을 주었던 군주들의 권속을 죽인다고 해도, 뒷감당 따위는 하지 않아도 된다.

'……그런데, 저놈은 대체 뭐 하는 놈이야?'

천존은 뒤늦게 백현에게 그런 의문을 품었다. 다른 놈들은 긴장이 역력한 표정을 짓고 있는데, 저놈은 대체 무슨 자신감인지 아무렇지도 않은 얼굴이었다. 오히려 살짝 눈매를 휘면서 웃기까지 하고 있었다.

'무령? 아니, 그럴 리가…….'

사용하는 기술은 무령과 비슷한 듯싶으면서도 달랐다. 게다가 대단한 신격도 아니었던 무령의 권속이 저만큼이나 강할 리도 없었다.

'그게 중요한 것은 아니지.'

여기 온 놈들은 모두 죽는다. 신격이 상실되어 천공성이 성역으로서 기능하지 않는다고 해도 현자의 돌인 아프라스는 건재하다.

천존은 양팔을 벌리며 천천히 아래로 내려왔다.

"지옥을 보여……."

하지만, 말을 끝까지 뱉지 못했다.

'아 좀……!'

거리를 좁혀오는 속도. 아까 전에도 겪었지만, 놈의 속도는 비상식적이었다.

하나 예측할 수도 없었던 아까와는 다르게, 지금의 천존은 맞기 전에 몸을 비틀어 백현을 향해 손을 뻗었다.

'어쭈?'

그 빠른 대응에 백현도 조금 놀랐다. 뭔지 모를 힘과 연결된 탓인지, 놈의 반응은 아까와 비교가 되지 않았다.

넓게 펼쳐진 방어벽이 백현의 주먹과 부딪쳤다. 미동도 하지 않는 결계는 천공성 전체를 휘감고 있던 결계와 똑같았다.

"아까는 장난이었……."

저 허세 가득한 말을 들어줄 생각은 없었다. 끊어 친 연타가 결계를 두드렸다. 최초의 일격으로는 미동 없던 결계였지만, 거듭된 연타에 결계가 파르르 떨렸다.

"이 개새끼야! 말 좀 하자!"

천존이 얼굴을 일그러뜨리고 악을 썼다. 그러는 사이에 아래의 사도들도 재빨리 태세를 점검했다.

발렌시아는 걸친 코트를 활짝 열었다. 그 안에서 무수히 많은 아티펙트들이 쏟아져 나오더니, 하늘에 떠서 발렌시아의 주변을 감쌌다. 쭉 따라오고 있던 비서 또한 전용 아티펙트로 무장하고서 전투를 준비했다.

'유가가 있었다면…….'

이런 전투에는 신비경의 사신수 중 무영호 유가가 제격이다. 하지만 유가는 마룡왕에게 찢겨 죽었다. 어쩔 수 없이 라이 룽은 자오의 견고한 갑각을 몸에 둘렀다. 그리고 하미르의 폭풍을 주변에 휘감았다.

드레이브도 말브론을 앞에 세우고 아스트로를 꽉 쥐었다. 그가 입술을 달싹거리자, 퓨어세인트의 신성력이 그의 전신에 내리 앉았다.

이전에 마룡왕과 싸울 적에는 제대로 힘을 낼 수 없었다. 사도는 결국 군주에게 힘을 받는 존재다. 마룡왕과 싸울 적에는 군주와의 연결이 끊어져 있었으니, 제대로 신력을 사용할 수가 없었다.

'으으.'

사도들이 본격적으로 힘을 끌어내는 것을 느끼며, 천존은 가늘게 몸을 떨었다. 그가 특히 신경 쓰는 것은 퓨어세인트의 신력이었다.

'예나 지금이나 기분 나쁘군.'

어비스의 군주 중에서 저만큼이나 불길한 신력을 보였던 군주도 흔치 않았다. 사도들의 신력도 만만치 않았기는 했지만.

'이 새끼는 대체 뭐야?'

천존은 얼굴을 일그러뜨리고서 앞을 보았다. 결계 너머의 놈은 뭐가 그리 즐거운지 실실 웃고 있었다.

백현은 가슴 앞으로 손을 모았다. 마주 본 손바닥 사이에서 어둠이 몽글거리며 뭉쳤다.

'응……?'

아까는 겨를이 없어서 느끼지 못했던 것. 코앞에서 뭉치는 어둠이, 이상하리만치 낯설지가 않았다. 힘 자체는 기(氣)를 뭉친 것에 지나지 않는데, 거기에 뭔가…….

"뭘 봐?"

소곤거리는 목소리가 천존의 정신을 깨웠다. 백현은 픽 웃으며 손아귀 안에 뭉쳐 있던 흑운을 앞으로 밀어냈다.

꿰뚫어 볼 수 없는 어둠이 천존의 시야를 뒤덮었다. 의념으로서 펼친 흑운이 결계를 침식했다.

눈앞을 스멀거리며 뒤덮는 어둠을 보면서 천존의 몸이 오싹거렸다. 그건 전혀 다른 힘이었음에도 길고 길었던 악몽을 떠올리게 만들었다.

아니, 정말로 다른가? 수년 전, 폭주한 혼돈에 침식되었을 때. 영겁처럼 길었던 악몽을 배회하던 순간이 왜 지금 다시 떠오른단 말인가?

"카악!"

천존은 외마디 비명 같은 고함을 지르면서 손을 크게 휘둘렀다. 그와 이어져 있는 아프라스의 마력이 결계를 침식하는 어둠을 흩뜨렸다.

시야가 다시 맑아졌으나 그곳에 백현은 없었다.

파직.

그 알 수 없는 소리. 천존의 눈이 부릅떠졌다. 천공성이 성역으로서의 힘을 잃었다고 해도, 아프라스와 동기화한 이상 이 공간 전체는 천존의 지배하에 있었다. 덕분에 그는 원리를 알 수 없는 백현의 질풍신뢰의 도달점을 포착할 수 있었다.

"오."

도달점에 정확히 달려드는 천존을 보며, 백현은 작은 탄성을 내질렀다.

똥개도 제집에서는 먹고 들어간다더니, 천공성 바깥에서 싸웠을 때와는 확연히 다른 반응 속도가 즐거웠다.

백현은 물러서지 않고 양발을 넉넉히 벌리고서 천존을 기다렸다.

'건방진…….'

와볼 테면 와보라는 듯한 저 반응이 불쾌하기 짝이 없었다. 천존은 얼굴을 일그러뜨리며 손을 앞으로 뻗었다.

쿠오오!

아프라스의 거대한 힘이 파도를 일으켰다.

덮쳐오는 파도를 두고서도 백현은 여유로웠다. 그다지 위협적으로 느껴지지 않았기 때문이다. 신격을 상실한 이상, 이 싸움은 존재의 격에 구애받지 않는다. 그렇다면 결국 누가 더 잘 싸우느냐의 문제다.

짜악!

구부린 손가락이 힘의 파도를 두 갈래로 찢었다. 백현은 앞선 발을 짧게 내디디며 땅을 박찼다. 돌진의 순간에 파직거리며 전류가 튀었다.

마황의 질풍신뢰. 거기에 욕심껏 풍신랑의 낭아천섬과 풍신천주의 구결을 첨가했다. 념체에 육체가 덧씌워진 순간.

빠지직!

날카로운 강기의 폭풍이 사방으로 튀어 올랐다. 천존은 기겁하면서 몸을 비틀었다.

전혀 예상치 못한 곳에서 튀어나왔다 싶더니, 위협적인 칼바람이 날아 닥친다. 천존은 뒤로 물러서면서 급히 손을 떨쳤다.

파바박!

무형의 마력탄이 난사되었다.

백현은 자세를 낮추고서 탄환의 세례를 향해 뛰어들었다.

심안을 통해 보이는 거대한 흐름들. 펼친 손으로 보이지 않는 것들을 움켜쥐고, 옆으로 비틀었다. 탄환의 궤적이 강제로 바뀌었다. 천존은 뿌득 이를 갈았지만 물러서지 않았다.

꽈앙!

백현과 천존이 허공에서 충돌했다. 맞닿은 순간, 백현은 손을 뻗어 천존의 멱살을 잡으려 했다. 당연히 천존은 호락호락 잡혀줄 생각이 없었다.

손과 손이 얽혔다. 쳐내는 손등을 손바닥으로 받아냈다. 낚아채 당기려 하니 재빨리 빠져나간다.

아쉬운 대로 팔꿈치의 날을 세워 가슴팍을 베었다. 급히 몇 걸음 뒤로 물러선 덕에 옷깃만 스치고 말았다. 즉시 발을 짧게 내디디며 거리를 좁혔다. 활짝 편 오른손을 어지럽게 움직이며 놈의 시야를 막았다.

천존은 눈이 핑핑 도는 것만 같았다. 이런 식의 근접전은 도무지 익숙하지가 않았다.

그의 주된 공격법은 충분한 거리를 두고서 압도적인 화력으로 찍어 누르는 것이지, 이렇게 호흡이 닿는 거리에서 쉴 새 없이 손발을 놀리는 것이 아니었다.

"이…… 이익……!"

그럼에도 이렇게 잘하지도 못하는 근접전을 하고 있는 것은, 빌어먹을 자존심 때문이었다.

상대는 신격도 아니고 초월자도 아니다. 아무리 자신이 근접전이 장기가 아니라고 해도, 고작 인간 따위와 주먹질에서 밀린다는 것은 감히 상상도 할 수 없는 일이었다.

그런데 밀린다. 오는 공격을 급히 막다 보면 바로 옆에서 공격이 날아오고, 그걸 신경 쓰면 또 아래에서 뭔가 솟구친다. 아직 유효타를 허락하지 않은 것은 이곳이 천공성의 내부인 덕분이었다. 바깥에서 이렇게 싸웠다면 진즉에 얻어맞고 땅을 뒹굴고 있었을 것이다.

'안 되겠다.'

인정할 건 빠르게 인정해야 했다. 여기서 괜히 더 자존심을 세우고 무리했다가는 아픈 꼴을 당하게 될 것이다.

다행히 천존에게 있어서 자존심은 필요에 의해 얼마든지 집어던질 수 있는 것이었다.

우선 조금 놀라게 해준 뒤에 거리를 벌려서…… 그런 생각으로 손에 모은 힘을 휘두르려는 순간.

덜컥.

팔뚝이 무언가에 잡혀 걸리는 기분이 들었다. 뭐야? 천존은 급히 눈을 내려 아래를 보았다. 아주 얇은 은사가 팔뚝을 휘감고 있었다. 백현은 손목을 한 바퀴 돌려 은사를 움켜잡았다.

"오."

당장 끼어들지 않고 지켜보고 있던 발렌시아가 탄성을 질렀다. 이런 상황이기는 했지만, 자신이 만든 아티펙트를 활용하는 모습을 보니 가슴이 뿌듯해졌다.

은사를 빠르게 당기자 천존의 몸이 기우뚱 무너졌다.

쿵.

백현은 발을 내디뎌 땅을 밟았다. 그리고 단단히 무게 중심을 잡은 뒤에, 상체를 옆으로 비틀었다.

등 근육이 꽉 땅겨졌다. 움켜쥔 주먹의 끝은 천존의 옆구리를 정확히 겨냥하고 있었다.

꽈직.

끝 지점에서 쏘아낸 주먹이 천존의 옆구리에 처박혔다. 천존의 몸이 꺾여선 안 될 방향으로 꺾였고, 쩍 벌어진 입에서 피가 뿜어졌다.

"……꺽."

그 소리를 들으며, 백현은 다시 한번 몸을 뒤로 기울였다. 은사를 확 당겨 천존의 몸을 빙글 돌렸다.

정면으로 선 천존의 몸은 방금 전의 타격으로 뒤틀려 있었다. 백현은 가볍게 숨을 삼키고서 발을 앞으로 뻗었다.

'조금만 더…….'

천존은 숨이 턱 막히는 와중에 그런 생각을 했다.

쿠웅!

던진 주먹이 가슴을 으스러뜨렸다.

천존의 몸이 땅바닥에 처박혔다.

To Be Continued

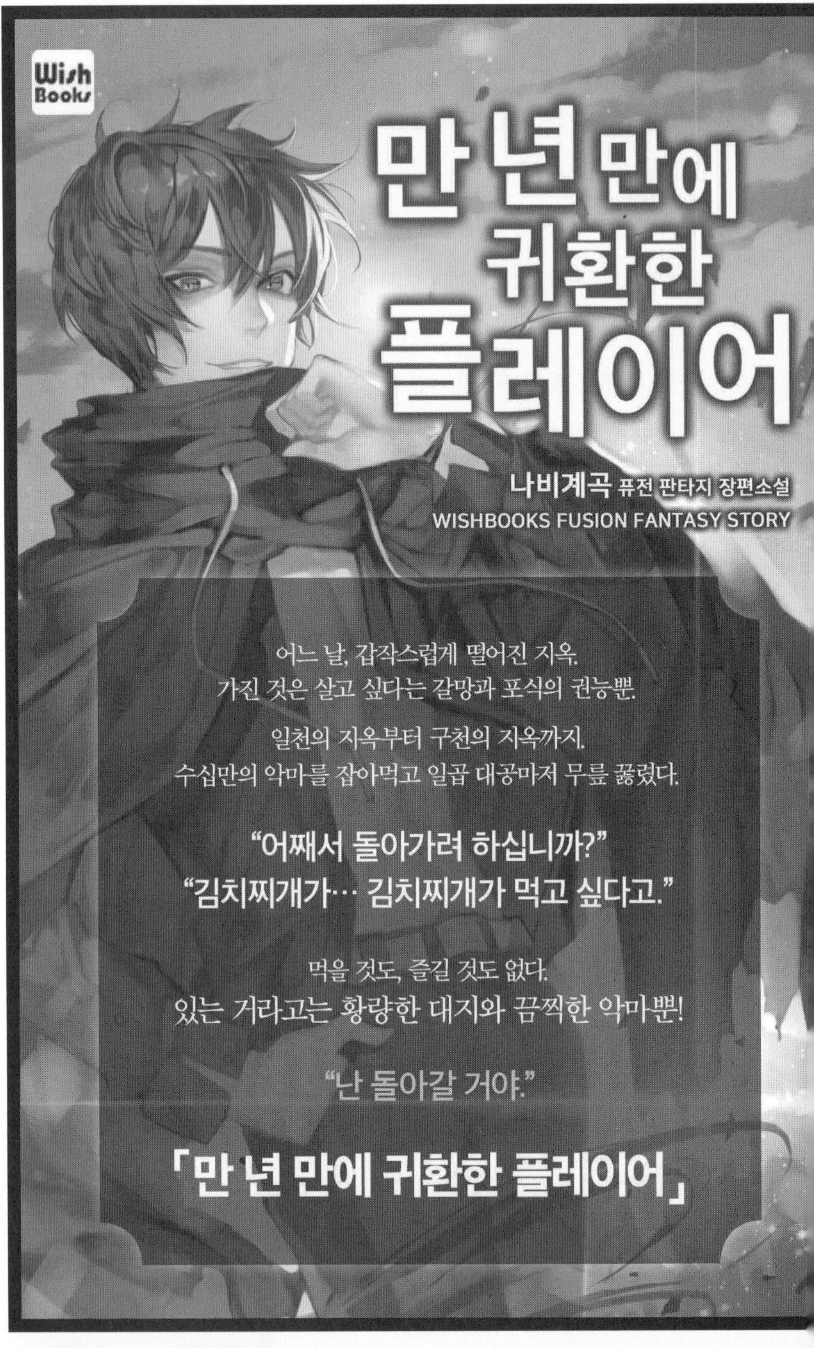
Wish Books
만 년 만에 귀환한 플레이어
나비계곡 퓨전 판타지 장편소설
WISHBOOKS FUSION FANTASY STORY
어느 날, 갑작스럽게 떨어진 지옥.
가진 것은 살고 싶다는 갈망과 포식의 권능뿐.
일천의 지옥부터 구천의 지옥까지.
수십만의 악마를 잡아먹고 일곱 대공마저 무릎 꿇렸다.
“어째서 돌아가려 하십니까?”
“김치찌개가… 김치찌개가 먹고 싶다고.”
먹을 것도, 즐길 것도 없다.
있는 거라고는 황량한 대지와 끔찍한 악마뿐!
“난 돌아갈 거야.”
「만 년 만에 귀환한 플레이어」